僕たちの物語

由南りさ
YUNAN Risa

文芸社

目次

はじまりの物語

「ねぇ、葉月さん覚えてる？　僕たちの出逢いを。
四年前のクリスマスイブ、あの日も月が綺麗だった……。
月の光に照らされて隣で眠るあなたを見た僕は、
あの瞬間……あなたに恋をした……」

俳優の高島涼は、夜空に浮かぶ月を移動中の車両の窓から見上げると、懐かしそうに、
そう呟いた。

第1章

☽男四人のクリスマスイブ

二〇一八年十二月二十四日、高校二年生の高島涼（十七歳）は仲間数人とレンタルルームで行うクリスマスパーティーで盛り上がっていた。

楽しい時間はあっという間に過ぎてゆき、手元の時計は二十一時を指そうとしていた。

涼が部屋の窓から外を見ると、冬空の下、幸せそうなカップルが楽しそうに何組も歩いているのが見える。

「幸せそうだな……」

と呟く涼。

ふと顔を上げ目線を空に移すと、夜空には輝く星々と、その中に浮かぶ丸い月が見える。

「綺麗な月だな……」

彼は思わずそう呟いた。

「そろそろ時間だ。これからどうする？　カラオケ行く？」

仲間の一人がみんなの顔を見ながらこの後の予定を聞いてきた。

「カラオケ行こうぜ！　どうせ俺たち男四人、寂しいクリスマスイブ……」

と話をしているところに、終了の知らせを告げるインターフォンの音が部屋中に鳴り響いた。

「やべーよ。早く片付けて外に出なくちゃ」

片付けを終わらせ、四人の男子高校生は寒空の下、足早にレンタルルームを後にした。

「カラオケボックス、予約とれましたぁ～」

ムードメーカーの浩史がみんなにそう知らせると、四人はカップルで賑わう大通りをカラオケボックスに向かって歩きだす。

「ごめん、やっぱ俺、今日は帰るわ」

涼は立ち止まるとみんなに向かってそう言った。

「何で帰るの？　女？」

と仲間の一人が彼に尋ねた。

「違うよ、月が綺麗だから、月を見たくなったんだ。わりい、また」

涼はそう言い残すと、通り沿いを走り去ってしまった。

浩史と仲間たちは唖然として「月？」「何？　なに？」と不思議そうな顔で涼の背中を見送った。

「まあ、いいんじゃない？　涼ちゃんらしくね？」

「そうだな。月が見たくなったなんて、感受性豊かなあいつらしいな。俺らは月曜日に聞くとしますかね、『月の鑑賞会』について」

浩史はそう言うと、みんなを誘導するようにカラオケボックスに向かって再び歩きだした。

☽骨董店のおじいちゃん

大通りを抜けた涼は、

「確かこの先に公園があったような気がしたんだけど……」

と、おぼろげな記憶をたどりながら夜道を歩いていると、ふと脇道に入る路地に古びた看板を店の中に片付ける初老の男性の姿が目に留まり立ち止まった。

「閉店の時間か……。もう遅いし……にしても、重そうな看板、あの人、一人で片付けられるのかな？」

涼がそう思った瞬間、店主らしき白髭が似合う白髪の男性、俗に言う〝おじいちゃん〟と目が合った。

二人は互いに数秒間見つめ合う……。

それは、まるでドラマに出てくる『出会いは突然に』を連想させるように……直立不動で……。

「やべぇ……この流れ、手伝わなきゃいけない感じ？」

涼は仕方なく、おじいちゃん店主のもとに足を運んだ。

自分の方へ向かって歩いてくる涼の姿を見た白髪で白髭のおじいちゃん店主はニッコリ微笑むと、

「さあ、中へどうぞ」

と、涼を店の中へ招き入れた。

「へえ～、骨董店なんですね……こんな場所にお店があること、今まで知らなかったな」

看板を店内にしまい終えた涼がぐるりと見回すと、アンティークな家具、装飾品、時計、いかにも『THE　骨董店』と言わんばかりの外観、看板、内装に少しだけ驚く。

おじいちゃん店主は、一人でこの店を四十年間経営しており、最近では体力的なこともあって、夕方から夜までの数時間程度店を開けていると語ってくれた。

おじいちゃん店主は自分のお気に入りのコーヒーカップにココアを注ぐと、「これでも飲んで冷えた身体を温めてください」と言って涼の前にそっと置いた。

店内で話を始めた二人。

そして小一時間程経った頃、涼は、すっかりおじいちゃん店主の話の虜になっていた。

「ああ～、面白かった。僕、そろそろ帰ります。楽しい話、ありがとうございました」

涼がそう切り出すと、おじいちゃん店主は、

「実は、この店を開けておくのは今日が『最後』なんです。『この店の最後の日』のお客様があなたでよかった。とても楽しい時間を過ごすことができました。ありがとう。今夜あなたに会えたのは『運命』なんでしょうかね？」

と涼に告げた。

「えっ？　そうだったんですか……そんな貴重で大切な日に僕みたいな者と……恐縮です」

涼がすまなそうに答えると、ゆっくりと首を左右に振り、優しい眼差しで涼を見つめるおじいちゃん店主。

するとと急に目を大きく開き何かを思いついた表情で、

「そうだ！　これも不思議なご縁。お店の中にあるものでよかったら、あなたにプレゼントしますよ。好きなものを選んでください」

と彼に伝えた。

「そんな、悪いですよ。僕はたまたま通りかかっただけだし……」

涼が即座にそう答えると、おじいちゃん店主は、

「これは、今夜あなたがこの店や私の歴史を聞いてくれた『私の感謝の気持ち』なんです。だから、記念に、ね！」

そう言うと涼の両手を強く握った。

困りながらもおじいちゃん店主の気持ちを無下にはできないと思った涼は、店内に飾ら

れてある品物を選び始める。すると、意外にも『それ』はすぐに見つけられた。

☽光る石

涼の目に飛び込んできた『それ』は、白い扇貝のお皿の上に置かれ、温暖色の室内灯で琥珀色に輝く直径二センチ程の『光る石』……涼は「綺麗だな」と呟くと、その石を掌に乗せ、おじいちゃん店主に、

「これ……これにします」

と差し出した。

おじいちゃん店主は、穏やかな笑みを浮かべて涼の掌から『光る石』を取ると、

「少し、ここで待っていてくださいね」

と涼に言い残し、店の奥の作業スペースに歩いていった。

数分後、涼のもとに戻って来たおじいちゃん店主は、涼の目の前に『光る石』を出して見せた。石を見た涼は、

「あれ二個に増えてる」

と呟いた。

おじいちゃん店主は、

「この石は、元々、ふたつでひとつになっている不思議な石で、自由に切り離すことができるんですすよ。ほら、このように。『ふたつに分かれた光る石』には、古い言い伝えがありまして、たとえ離れた場所にあっても『石』自体に互いを引き寄せる力があるようで、『石』を手にした者同士は、何年、何十年かかっても必ず出会い、一緒になることができるそうですよ。何とも『作られたような言い伝え』ですがね……。

持ち運びしやすいようにストラップにしておきましたので、あなたが渡したい方にでもあげてください」

と言うと、おじいちゃん店主は『ふたつに分かれた光る石』を涼に手渡した……。

ふたつに分かれ、光が当たると琥珀色にキラキラと綺麗な光を放つストラップ状になった石を顔の前に掲げた涼……。

「ありがとうございます。大切にします」

と丁寧にお礼を言うと、涼はふたつの石をズボンのポケットに入れた。

「今夜は楽しかったです。ありがとうございました。これからもお元気で……」

涼は店主にそう告げ一礼すると、骨董店を後に再び通りに繋がる道を歩きだした。

月夜の晩、おじいちゃん店主は涼の後ろ姿を見えなくなるまで見送ると、夜空を見上げ、キラキラと輝く星々の中に浮かぶ月を見つめ、優しく微笑み店内へ戻っていった。

ほどなくして、四十年間続いた骨董店の灯りが消えた。

夜空に浮かんだまあるい月から放たれた優しい光が建物を照らし、骨董店全体を包んでいるようだった。

☽月明りの公園

夜も更け、涼が気づいた頃には『月』は彼の頭上にまでのぼっていた。

「そうだ……俺、月を見るはずだったんだ。今何時だ？　もう二十三時じゃん。おじいちゃんと話し過ぎたなぁ」

涼は、数時間前、『綺麗な月を見たかった』ことを思いだしていた。

通りを歩く涼の目の前に、整備されたアスファルトの小道。

脇には一面青々とした芝生と、木々が並ぶ公園が現れた。

「緑が綺麗……いい感じの公園だな」

夜遅くの公園は静まりかえり、清らかで青く澄んだ月は、涼の行き先を照らすかのように、一筋の光を放つとあたりを幻想的な空間に変えていた。

小道を歩き開放感に浸りながら、涼は公園の広場にたどり着く。

広場の中央には、夜間には水が止められている噴水が見える。

月の光が広場全体を照らし、街灯がなくても、あたり一面がはっきり見えるほどの明るさ。

月から放たれる優しく柔らかい光は、薄明りの中で、〝安らぎと開放感〟を涼に与えてくれる。


涼が広場を見渡すと、噴水の奥にあるベンチに目が留まる。

「あれ？　誰かいる……」

人影を見つけた涼は月明りを頼りに、ベンチに近づいて行った。

ベンチの手前まで歩いて来た涼は、その光景に驚いた。

ひとりベンチに座り、眠り込んでいる若い女性の姿。

「え？　何？」

急に恐怖心が芽生えた涼は、恐る恐る声をかける。

「あのう……おねえさん。こんなところでひとりで眠ったら危ないですよ。起きないいんですかぁ？　風邪引きますよ〜」

彼女からの返答はなく、広場は静まりかえったまま……。

冬の冷たい風に乗って、お酒の香りと同時に漂う甘い香り……。

困惑した涼は、

「酔っぱらって、こんなところで、若い女性が……ったく」

と呟くと彼女の隣に座った。


涼が夜空を見上げると頭上には綺麗な月が浮かび、月から放たれた光は一直線にふたりを照らしているようだった。

☽出会い

しばらくの間、女性の隣に座り月を眺める涼。

「この人、何歳くらいかな？　明らかに俺より年上だよな……それにしても静かな夜だ……」

と彼が思った瞬間、涼の左肩に軽い重みが加わった。

「えっ？　何？　何？　何～？」

涼が慌てて横を見ると、そこには彼の顔を不思議そうに見上げる女性の顔。彼女の顔が涼の顔に近づきゼロ距離になった。

驚きと恥ずかしさとえげつないほど速い心臓の鼓動が涼を襲う。

そんな状態の涼を見つめながら女性が、

「あなた誰？」

と潤んだ瞳で涼に問いかけた。

「僕は、通りすがりの者で……あ、あなたが酔っぱらって、こんな場所で眠っていて……危ないから……横に座っただけで……いや座らせてもらっただけで、怪しい者ではありません……だから安心してください」

涼が取り繕うように彼女に説明をしている最中、

「え？」

涼は思わず女性の顔を覗き込んだ。安心しきったような女性の寝顔に、

「また眠っちゃった？」

涼は呆れながらも女性の顔を見て微笑み、視線を前方の噴水の方に移した。

しかし、数秒後、今度は女性が涼の手を軽く握った。彼女の冷たい指先から伝わってくる柔らかい指の感触に驚いた涼が女性の顔を見ると、女性は涼の顔を見上げ、彼の目をじっと見つめていたのだ……。

「あ、あのう、起きてたんですか？　眠ってたんですか？　どっちなんですか？　あっ！　俺が子供だから、からかってますよね、絶対！　やめてください！　こんなの……」

涼は強い口調で彼女に言い放った。

はじめての夜

語気を荒らげた涼の言葉を聞いた女性からは、

「酔ってるかもしれないけど……からかってないよ。ねえ、君、家まで送ってよ」

と優しく、甘えた言葉が返ってきた。

女性は涼の手を取りベンチから立たせると、そのまま手を引き、涼が歩いて来た小道を歩き始めた。

「あ、あのう……俺」

何がなんだかわからない状況の中、手を引かれたまま夜の公園内を歩く涼。月の光に照らされて青白く光る小道は本当に幻想的で、

「なんか……いいかも」

と心地好さを覚える。

公園を抜け、しばらく歩くと三階建てのデザイナーズマンションの前にふたりは立っていた。

「ここどこ？」

涼が女性に問いかけると、

「私の家」

と彼女が一言だけ答えた。

「俺、ここで帰ります。それではまた、いや、もう会わないと思いますけど絶対……じゃあ」

と慌てる涼に彼女は優しく微笑み、涼の手を引き寄せると、

「部屋まで来て」

と囁いた。

「高島涼、十七歳。この後どうなるんだ？」

涼の脳内にいる誰かが、彼に問いかけているのが聞こえてきた。


彼女の部屋に入ったふたり。

リビングに立ち尽くす涼。

女性の手を握ること、手をつなぐこと、ましてや一人暮らしの女性の部屋に入ることは、

十七年の人生を真面目に歩んできた高島涼にとっては初の出来事である。

「やっべ〜。どうする？　どうなる？」

涼の脳内は、まさにお祭り状態で、平静を装うのに必死だった。

部屋を見渡すと、デザイナーズマンションという名の通りオシャレで、若い大人の女性が一人で住むには少し広すぎるようにも感じた。


数十分前に出会ったばかりの女性の部屋に招き入れられた涼……。

天窓から差し込む月の光で室内は、さっきまでいた公園のように明るく、お互いの顔、室内に置いてあるものまでがよく見えるほどだった。

リビングの中央には、やや広めの木製のテーブルに椅子が四脚。

涼と女性は隣同士に座って見つめ合う……。

その頃には、脳内でのお祭りは終了し、涼は自分でも驚く程に冷静さを取り戻していた。

女性の顔が涼の顔にゆっくりと近づき、彼のサラサラとした前髪をかきあげ額に優しく唇が触れる……。

ずっと女性から漂うバラの花のようなとても甘くいい香りが、涼の臭覚を刺激し続けている……。

額のキスに応えるように、涼は女性の頬に手を伸ばし優しく唇を重ねる……。

「柔らかい」

高島涼、初めてのキスの感想だった。

唇が離れるタイミングで女性は涼の首に手を回す。

彼を見つめる女性の瞳が潤む。

涼は首に回された女性の両手をほどくと、自ら女性の両手を握り返す。

リビングの奥に格子状になった壁。その向こうにはベッドが見える。

涼は彼女にそっと、

「むこうに行きましょう」

と声をかけた。

月明りに映る女性がゆっくりと頷いた。

月夜の晩、天窓から差し込む月の光が優しくベッドの上のふたりを照らす……。

未来への約束

月明りがさす部屋、ベッドの上で、壁に飾られている一枚の大きなモノクロ写真を無意識に見つめる涼は、思わず目を凝らす。

彼の視線はモノクロ写真のモデルの女性と隣に眠る女性の間を数回往復する。

「えっ？　この人……」

涼の鼓動が一気に高まると、思わず息をのんだ。

スローモーションのようにゆっくりと視線を女性に送る。

静まりかえった部屋。

月の光が差し込む部屋のベッドの上に横たわり眠る女性。

涼の隣で眠っていたのは、壁に飾られた写真のモデルの女性。

それは、紛れもなく人気若手女優の葉月だったのだ。

薄明りの中でもわかるほどの透き通る素肌。

あたりの空気を一変するような美しいオーラを放つ綺麗な女性の寝姿が、涼の黒い眼に鮮明に映る……。

「はっ！　葉月？　俺の、いや、俺が……葉月さんと……」

驚きと動揺を隠せない涼は我に返り、慌てて床に脱ぎ捨てた衣類に手を伸ばした。

慌てた涼の傍らで、あどけない少女のような寝顔を見せる葉月に、涼の動きが思わず止まる……。

何かを感じているかのようにしばらくの間彼女の寝顔を見つめていた涼は、

「葉月さん、綺麗で可愛いな……」

と呟くと彼女の額に優しく唇を置いた。


天窓からさし込む時明かり……。

涼は、葉月の耳元で優しく囁いた。

「俺もあなたのいる華やかな世界に行ってみたくなりました。いつかあなたの隣に立てる男になりますから、それまで待っていてください……だから俺のこと覚えておいてください」

そして、ズボンのポケットから光る石のストラップを取り出し、ベッドの横に置いてあった彼女の携帯に結びつけた。

「これは俺のことを思いだしてくれる時まで持っていてください」

そう優しく告げると着替えを済ませ、涼は彼女の部屋を後にした。

涼が外に出ると、とっくに日付は変わり、夜も明けようとしていた。

「まずい……朝帰りだ……」

月が沈み太陽が昇り始める紫色に染まる空、吐く息が白い早朝、涼は家路へと駆け出した。


そののち、高島涼は親友の浩史が遊び半分で応募したイケメン男子高校生コンテストでグランプリを受賞し、十八歳でモデルデビュー。テレビドラマ等の仕事も増え、活躍の場も広がり始めた。透明感のあるビジュアルと言われ、多彩な表情を持ち合わせ、加えて高い演技力を評価される二十一歳となった今、実力派俳優を目指し、その階段を駆け上っていった……。

第2章

☽彼女の思い出

『葉月　職業、女優兼モデル。十八歳の時に友達と遊びに来ていた原宿でスカウトされ芸能界入り。実年齢より落ち着いた雰囲気から醸し出される大人の色気と、少女のあどけなさが残る彼女……二十五歳になった今、彼女から目が離せない』

ドラマのリハーサルを終えた葉月は控え室で取材を受けた雑誌の記事の紹介欄を見ていた。

雑誌に一通り目を通した後はテーブルの上のスマホを手に取り、「葉月・演技・評価」と日課のエゴサーチを始める。

彼女の専属のヘアメイクアーティストの凛がエゴサーチを始める葉月を見ながら、メイク直しを始めた。

凛は葉月の高校生からの親友で葉月が唯一心を許す人物。葉月が原宿でスカウトされた際も一緒にいたのが凛だった。

二人は高校卒業後、葉月が女優を目指したように凛もヘアメイクアーティストを目指し、互いに励まし、気持ちを高め合ってきた、いわば『戦友と親友』。

繊細な凛のメイク技術は業界から認められ、一年前に女優『葉月』の専属ヘアメイクアーティストとなり現在に至る。


エゴサーチを終えた葉月は大きな溜息をつくと鏡に映る凛に話しかけた。

「私って恋多き女？　付き合う男は数知れず？　謎多き女って……そんなイメージなのかな……」

と、落ち込んだ表情を見せる葉月。

「何～？　それエゴサーチでしょ？　あなたは、透明感、聡明感、清潔感の固まりみたいな感じじゃん？　気にする必要ないよ。ただ……ね」

と言葉を濁す凛。

「ただ……何？」

葉月が凛に尋ねる。

「葉月、本当の葉月って奥手だから恋愛ってしたことあるのかなぁって思う時があって、ほら、ドラマとかでは役柄でラブシーンとか平気でやってるし、まぁ……いいのかなって」

と凛が答えた。

親友でも人の恋愛事情までは深く聞くことができないと凛は思い、鏡に映る葉月の顔を見つめた。

そんな親友の表情に気づいた葉月がおもむろに凛に語り始める。

「凛ちゃんあのね、私……好きな人がいるの、ずっと片思いなんだけど」

葉月の突然の告白に、

「えっ！　何それ知らないんだけど……誰？　私の知っている人？　業界人？」

目を大きく見開き驚いた凛が質問する。

「ちがうよ……」

と小声で答える葉月。

「聞きたいな～」

と凛はメイク直しの手を止め、鏡の前に座る葉月の肩をポンと叩いた。

☽クリスマスイブ

葉月の記憶が数年前に遡る……。


二〇一八年のクリスマスイブ、その日葉月がこなす予定のドラマ・ＣＭの撮影は順調に進み、夕方には全スケジュールを終えそうな状況だった。

マネージャーの大津は控え室に行くと、

「葉月ちゃん、今夜はＣＭのスポンサー企業と制作会社関係者合同主催のクリスマスイベントが東亜ホテルで開催されるからね。十九時開始だから、十八時には事務所を出られるように準備しておいてね」

と念を押すように伝える。

大津からイベントのことを聞いた葉月が時計を見ると、時計の針は十五時を指していた。

「今日はクリスマスイブか……わかりました」

と葉月は大津に返答する。仕事を終え事務所に戻った葉月は、スタッフとイベント用の衣装とメイクの打ち合わせを早々に始めた。

「とても綺麗ですよ」

メイクスタッフが葉月に声をかけた。

イベント用のカクテルドレスに着替え、メイクを施した葉月は、鏡に映る自分の姿を見ると、「ありがとうございます」とスタッフに感謝を告げ、イベント会場のホテルに向かった。

会場ホテルの玄関に車が到着すると、スポンサー企業の社長、制作会社の責任者他、沢山のスタッフが葉月を出迎えた。

会場内には、クリスマスイブを祝う盛大な飾り付けと会場全体を照らすキラキラと光るライト。そして、イベントに華を添えるにふさわしい、超人気ボーイズグループの生パフォーマンスが開催されており、すごい熱気に包まれている。

他にも、大御所俳優をはじめ葉月が共演をした先輩方がずらりと招待されていた。

葉月とマネージャーの大津は関係者、先輩方に一通り挨拶を始める。

挨拶を終えた葉月は、やっとグラスに注がれたシャンパンを口にする。

「疲れた……」

葉月から思わず心の声が漏れてしまう。

「疲れただろ？」

大津が葉月に声をかけると、お皿に盛られた料理を指さし葉月にすすめた。

「葉月ちゃん、食べずに飲んだら酔っぱらうよ。少しは何か口にしないと。ほら、このお皿もって人気《ひとけ》のない場所でゆっくり食べたらいいよ」

大津は外に面した会場の一番奥にある扉を指さした。

「大津さん、ありがとうございます」

そう告げると葉月は料理が盛られたお皿とグラスに注がれたシャンパンを片手に会場内を扉に向かって歩いていき、扉を開けた。すると冬の冷たい空気が一気に流れ込んできた。

会場内にいた人々が一斉に扉の方を見る。大勢の視線を受けた葉月は慌てて外に出て扉を閉めた。

「ふぅ〜危ない、危ない」

と呟く葉月。

真冬の屋外は冷たく、寒かったがお酒を口にして体が温まっている葉月にとってはとても心地好かった。

夜空を見上げ、手に持ったシャンパングラスを夜空に輝く星々に向かってかざす葉月。

キラキラと光るシャンパンの小さな気泡の向こうに『丸い月』が見える。

「月がグラスの中に沈んでる。今夜は満月か……」

葉月はそう呟くと、無意識に大きな窓ガラス越しに見える生パフォーマンスを眺めていた。いつしか追加で頼んだボトルの中のシャンパンは、半分程になっていた。

「まずい……このままでは酔っぱらってしまう」

ふらふらしながら歩きだし室内に戻ろうとする葉月。そんな葉月を見つけた大津が、

「葉月ちゃん、飲みすぎだよ……今日はもう帰りなさい。関係者の方々には私からうまく言っておくから」

と葉月に小声で伝える。

マネージャーから、先に抜けるように言われた葉月は、カクテルドレスの上に厚手のコートを羽織ると会場を後にした。

「そこまでは私も聞いたから知ってるよ。その後になんかあったの？」

と凛が葉月に聞いた。

「うん、あの夜、会場ホテルを出て……」

葉月が話を続ける。

運命の出会い

数年前のクリスマスイブの夜にあった出来事を話しだす葉月。

「シャンパンをいつも以上に飲みすぎた私は酔い醒ましのため、少し不安定な足どりで歩道の上を歩いていた。

ふと、目線を横に移すと木々の間に公園があって、広場には水が出てない噴水とベンチが見えたんだ。

偶然に見つけた公園に『あそこで酔いを醒まそう』と私はベンチを目指し歩きだした。

公園の広場に着いた私はベンチに座るとヒールで疲れた足をのばし、リラックスしていた。

無意識に見上げた夜空に、満天の星と白夜のような光を放つ月が浮かんでいた。月はベンチに座る私にまるでスポットライトを当てるかのように、光を放っているのがわかった。

『綺麗な月……』私はそう呟き、夜空を見上げているうちに、心地好い気持ちになり、お酒の力も加わってそのままベンチで眠り込んでしまった。

どれくらい時間が経ったのかわかんないけど……私は自分の頭が何かにもたれかかっているように感じて目を覚ました。

ぼやけた視線の先に、子犬のようなあどけなさが残る横顔と吸い込まれそうなくらい綺麗な瞳をした少年が、私の顔を覗いているのがわかった。

『あなた、誰？』酔いが醒めきっていない思考回路で私は質問をしてみた。

少年は、慌てた様子で私に向かって説明らしき内容を話していたようだったんだけど、酔いが醒めてない私にとっては、彼の唇がスローモーションのように動いているのだけがわかった。

隣に座っている少年の横顔は優しさに満ちて、彼から放たれる穏やかな雰囲気に私は心が満たされていくような不思議な感覚に陥った。

酔いも手伝ってか、私は少年の手を取り『ねえ、君……家まで送って』と告げ、そのまま会ったばかりの見ず知らずの少年、それも完全に『年が下の子犬ちゃん』を家に招き入れた……」

月のひかり

葉月の話は続く。

「私の酔いも醒め始めた頃、彼はリビングのドア付近で立ち尽くしていたけど、そのうち緊張した面持ちで私の隣に座った。

天窓から差し込む月のひかりがリビング全体を包み、灯りがなくても私は彼の顔がはっきりと見えた。

「何て綺麗な瞳……」

私は思わずそう呟いた。

少し戸惑った表情に愛おしさを覚えた私は、彼の前髪をあげて額にそっと唇をのせた。

『黒髪のサラサラとした前髪は、彼の魅力的な眼を隠すのに丁度よい長さだな』

私はその時、正直にそう思った。

すると、彼が少し震えた手で私の左頬をゆっくりと包み込んだの。

彼が私の眼を見つめ、ゆっくりと唇を重ねてきた。

全身に電流が流れたような衝撃を受けた私は、彼の首に手を回した。

彼は、自分の首に回された私の両手をつかむと私の手を彼の腰に巻き付けた。

そして優しい瞳で私を見つめると、彼が寝室の方向を見て『向こうに行きましょう』と言った。

私の目の前にいたのは、『子犬のような年下の男の子』ではなかった……」

☽一夜を共に

「天窓から差し込む青白い月の光が彼の上半身を照らしている。

彼のしなやかに伸びた長い指先が私の頬を優しく包み込み、彼の眼差しは私を見つめている。

まっすぐに私に向けられる吸い込まれそうなほど澄んだ瞳が、私の心に今まで感じたことのないような感情を芽生えさせた……。

『大丈夫ですか？』

と囁く彼に、私はゆっくりと頷いた。

優しく……時には力強く……私を抱きしめる彼に私は全てを委ねた。

二十一歳。私は、初めて男の人を知った……」

葉月は凛にそう伝えた。

「それから……どうしたの？」と凛が葉月に聞く。

葉月が口を開く。

「心地好い疲労感とお酒が影響して私は眠ってしまった……。

夢見心地の私に彼が耳元で、

「俺もあなたのいる華やかな世界に行ってみたくなりました。いつかあなたの隣に立てる男になりますから、それまで待っていてください……だから俺のこと覚えておいてください。これは俺のことを思いだしてくれる時まで持っていてください」

と囁いた。

「明け方、私が目を覚ますと彼の姿はなく、携帯電話には、琥珀色にキラキラと光る『綺麗な石』が結びつけてあった」

🌙未来を信じて〜いつかきっと

「月の光に照らされて浮かびあがる、あの人の私を見つめる綺麗な瞳と眼差し……。

そして私に語りかけてくれた『言葉』は今でも忘れられない。

彼の言葉を信じたいし、私は、あの夜の彼のことを思いだすだけで、それだけで十分」

葉月がそう呟く。

葉月の話を聞き終えた凛。

「で、その人どこの誰？　名前は？　連絡先くらいは知ってるんだよね？

てか、その人、あんたが女優の葉月とか知ってたのかな？」

「お互いに名乗ってないから名前は知らない。連絡先もわかんない。年下だということはわかっているんだけど……。

それに、私が女優の葉月とは多分バレてないと思う……」

と葉月が答えた。

「はぁ〜、あの女優の葉月が会ったばかりの『名前も知らない年下の男の子』と初めて触れ合って、連絡先も交換せず、いつ隣に現れるかもわからない彼の言葉を信じて四年間も想い続けているなんて……世間が知ったら大騒ぎだよ。

まぁ、葉月らしいかな？　そういうところ。

でも、その年下の彼が言ったことが現実になればいいけどね。『思い出の中の彼』に恋するより、現実に出逢えた人の方が今よりきっと幸せになれると思うけどな……」

凛はそう付け加えると葉月のメイク直しを始める。


凛は鏡に映る葉月が愛おしく思えた。

控え室のドアをノックする音が聞こえ、スタッフの元気な声が、

「葉月さん、本番の時間です。よろしくお願いします」

と彼女を呼んだ。

「はい、わかりました。よろしくお願いします」

立ち上がって部屋を出て行く葉月の後ろ姿を見送りながら、凛は、

「今頃何処で何してるんだろうな？　いつか彼女の隣に立ってくれる君へ伝えたいな……葉月、ずっと君のこと待ってるからね……」

と呟くと、優しく微笑んだ。

第3章

原石を探せ！

映像監督の伊藤要（四十歳）は若手有望株の一人。彼の夢はこれまでにない誰をも虜にするような映画を創ること。新境地を開拓するため、ＣＭやドラマの作品も創っていきたいと今日も意欲を燃やす。

彼を一番に支えてくれているのは、マネージャーの桐谷。

桐谷とは大学時代からの先輩後輩で、伊藤のことを知り尽くしている。雄弁で行動力があり、日々方々を回り仕事を取って来てくれる、いわゆる『トップ・セールスマン』。敏腕マネージャーのお陰で、伊藤の仕事が途切れることはなかった。

そんなある日、非常に興味深い仕事が舞い込んできた。

「CM撮影？」

と尋ねた伊藤に桐谷が、

「そうです。映像制作を依頼した制作元は、すべてを監督に一任したいと言ってきてます」

「すべてを一任？　言い換えれば丸投げってやつ？」

と伊藤が聞き返した。

「まぁ、そんなこと言わないでくださいよ。一任するってことは、すべて自分で決めていいってことですよ。配役も、絵コンテも、イメージも、すべて監督がやりたい放題。無理な注文をつけてくるわがままな社長もいなければ、忖度もなし……。完全なオールフリー」

と桐谷の雄弁さが伊藤の創造意欲を掻き立てる。

「騙された……桐谷に騙された」

伊藤はCM制作の依頼を受けた二日後に、そう痛感していた。

すべてを一任するということは、すべての分野において責任をもって企画・構成をしていかなければならない。

頭を抱え込み悩む伊藤だったが、数日後、何とか大方のイメージを掴み、絵コンテまでは辿り着いたものの、今度は肝心の配役のイメージが決まらない。

「どうしても登場人物のイメージが定まらない」

伊藤の呟きに心配した桐谷は、配役候補一覧表を作成し伊藤に手渡した。

そこには、幾人もの若いフレッシュな男女の写真とプロフィールがぎっしりと記載してあり、特に桐谷おすすめの男女のプロフィール欄にはピンクの付箋が何枚もつけられていた。

「まあ、制作元から配役の選出から構成すべてを監督に一任は珍しいですがね。その……話題性を加味すれば、今、旬で人気がある若手アイドルの起用がよいのではないかと思いますが……配役は、できればこの二人にしてはいかがですか？」

マネージャーの桐谷が写真を指しながら伊藤に話しかけた。

手渡された資料の中には、今テレビ等でよく見かける若いイケメンアイドルと、若くて可愛いスタイル抜群の女性の写真が伊藤を見つめていた。

「雑誌並みの厚さだな……」

思わず伊藤から心の声が漏れた。

パラパラとページをめくり資料に目を通す。

「う〜ん。いい子たちとはわかるんだけど……なんか、二個のピースを無理やり合わせた感じがして、個々の輝きがばらばらで一体感がないというか……」

と頭を抱える伊藤に、業を煮やした桐谷が語気を強める。

「配役どうするんですか？　撮影できなければ僕ら食べていけませんよ！　早く決めてください！　配役、配役！」

と伊藤を追い込んだ。

「わかった、わかった」

と諭すように伊藤は手のひらを桐谷に向けると、すまなそうに言った。

すると、伊藤が目を大きく開き、何かをひらめいたような顔つきで桐谷に向かって、

「そうだ！　オーディション、カップリングでのオーディションを開こう！　あらかじめペアを組んだ状態で公募する。役者の事務所は似合いのカップリングした男女を応募してくるはず。だから、こちらで役者同士のカップリングはする必要がない。

どうだ！　一石二鳥だ！」

と自慢気に提案した。

「オーディションで決めるんですか？」

と呆れた口調の桐谷。

「ああ、そうだ！　題して『最高の二人を探せ！』なんつって……」

と伊藤は自信満々に答えた。

「わかりましたよ。じゃあ、早速手配しますよ」

と桐谷が伊藤に返事をした。


まもなく桐谷は公募用のポスターを作成し、各関係機関に配布した。

見出しには大きく『最高の二人を探せ！』の文字に加えて、『美白堂化粧品夏用新作発表に向けたイメージボーイ＆イメージガール募集』と書かれていた。

四月に入り、桜が舞い散る快晴の日に伊藤が手掛けるＣＭのイメージボーイ＆イメージガールを決める最終選考オーディションが、実際のＣＭで使用するロケーションで開催されることになった。

公募にはプロアマ問わず百組を超すカップルが応募してきた。その中の二十組が第二次審査へ進み、そしてそこからさらに五組に絞られた男女十名が最終選考に残った。

「風・空・海」「青・白・緑」「太陽・初夏・ひかり」、これらのイメージすべてを満たすことが最終選考の評価基準項目となる。

数ヶ所の指定されたロケーション地の中からロケ場所を選び、簡単な演技審査と候補者二人が創り上げる世界観も加味されて判断される。

候補者たちに数ヶ所の指定されたロケーション地と基本演技プランが渡され、午前中に内容等詳しい説明が行われた。お昼休憩後、十三時から演技審査、カメラチェック、そして最終面接で終了する。

審査は朝から行われていたが、説明会の傾聴の様子やお昼休憩時の候補者同士の様子も審査対象になっていることは、五組の候補者には知らされていなかった。

「説明会時の印象はどの組も同じ感じかな……」

と伊藤は桐谷に伝える。

「そうですか……やはり、午後の演技審査まで、どの組になるかわかりませんね。昼休憩中の彼らの様子は説明会会場前の廊下から見えるようになってます。休憩後は会場が控え室になるために、そこから各組が選んだロケーション地に行くようになりますね」

と桐谷が伊藤に言った。

「ふ～ん、昼休憩の様子ね……わかった」

伊藤は廊下を歩き、説明会会場へ向かった。

少し離れた場所から中の様子を窺う伊藤……それはまるで怪しげな覗きそのものだった。

会場内での候補者たちは、別々の場所で過ごすペアもいれば、一人がスマホを触り、相方は机の上に顔を伏せて寝ていたり、他の候補者と雑談をして大笑いする者など各自の過ごし方をしている。

伊藤は、

「ふ～ん　やっぱり最終審査に残る面々はプロだね～。確かにほぼ全員が一次、二次審査では、僕たちカップルですって作られた感じの雰囲気出してたしな。彼らにとっては『カップル役』同士なんだ。『自然さ』がほしいんだけど……あれ？　八人しかいない。ひと組いないな……」

そう呟くと、伊藤はポケットからたばこを取り出して外に向かって歩きだした。

最終選考は海に面した、ペンションを貸し切って行われる。

ペンションの後ろ側には鮮やかな緑の木々が立ち並び、奥は森林へ続く道がまっすぐに延び、緑の芝生が青々と敷き詰められ、所々に植えてある木の枝が重なりあう部分からは太陽の光が優しく差し込む……青空にぽっかりと浮かぶ雲の下には真っ青な海が広がり、ポストカードのような美しい光景に伊藤は最終審査のことをしばし忘れて開放感に浸っていた。

ふと視線を遠くに移すと、ベンチに座る男女が見える。

「あっ！　残りのひと組だ」

伊藤はそう思い、たばこを吸いながらしばらくその二人を眺めていた。

男性は白いシャツに青色のズボン、女性は角襟の白いワンピースの上に淡い水色のカーディガンを羽織って、ベンチに並んで座る二人。女性が手提げ袋からお昼ごはんと思われる包みを取り出すと男性に渡す。包みを開けるとおにぎりが見え、男性は女性の顔を見てニコッと笑うとおにぎりを食べ始めた。

男性が水筒から湯気が出ている飲み物をコップに注ぎ女性に手渡す。

笑顔で楽しそうに何やら話しながら、美味しそうにおにぎりを食べ続ける二人の距離感

に伊藤は、

「なんか、あの二人、新鮮だな。自然体というのはあんな感じなんだろうな」

と思った。

気が付けば、伊藤は自分の方から彼らに見つからない距離まで近づき、二人のしぐさに釘付けになっていた。

男性が空を見上げる横顔。

女性のニコニコと笑う表情とそよ風になびく髪。

時折、無言になる二人の間に生まれる優しい雰囲気が、見ている伊藤を魅了する。

彼の頭の中に色々な場面の二人の姿が映像として鮮明に浮かび、降りてくる。

「見つけたかも……」

と呟くと、伊藤は急いで桐谷のもとへ戻って行った。

午後から、最終選考の演技審査が行われ、順番に色々な場所でペアに課題が出された。

伊藤は、彼自身、今し方外で見た光景と目の前の演技を比べているのがわかった。

一組目、二組目、三組目、四組目と審査は進み、最終組の順番が回ってきた。

「一番好きなものは最後まで残してから食べる。楽しみは一番最後」

と呟くと、伊藤はドキドキとしながら〝彼ら〟の登場を待った。


最終組の〝彼ら〟が選んだ演技場所は、森林の中だった。

木々の隙間から木漏れ日が差し込み、二人を包み込む……。

二人の間を通り抜ける爽やかな風……。

色々な角度のカメラ越しに見つめる真剣な眼差しの伊藤。視線の先には〝彼ら〟の姿。

心地好い風を背に伊藤の横に立つ桐谷が、

「目が離せなくなるって、こんな状況を言うんですかね？　なんか、あの二人の世界観に吸い込まれていくような気がして……。まるで、すでにCM撮影している感じすらしますよ」

と呟いた。スタッフの一人も、通り過ぎる風を頬に感じながら、

「本当に綺麗な光景ですね。この二人、透明感がすごい」

とポツリと漏らした。

そこにいたすべての人が、二人の立ち姿に心を奪われてしまっていたのだった……。

「桐谷ちゃん、俺見つけちゃったかも、原石」

と言うと、伊藤は桐谷の顔を見て穏やかに安堵の表情を浮かべた。

「高島涼君二十一歳、葉月さん二十五歳、と。改めて、撮影を担当します監督の伊藤要です」

と二人を並べて伊藤が自己紹介をする。

最終審査で涼と葉月に衝撃を受けて以来、伊藤の頭の中に二人が演じる姿の映像がとめどなく降りてくる……。

頭の中に次々と浮かぶ映像に、伊藤は早く撮影を開始したい衝動に駆られていたが、何とか必死で気持ちを抑える。

少年と大人の表情を持ち、美しい瞳で見つめる涼は、すでに女性スタッフを虜にしていた。

葉月は、可愛さと美しさを持ち合わせ、年を重ねるたび、その美しさに磨きがかかることは間違いない。

桐谷は葉月と打ち合わせがある日は、おしゃれな服装で必ず香水をつけている。

「何を考えているのやら、こいつは」とぼやく伊藤だった。


「涼君と葉月さんは同じ事務所だよね？」

と伊藤が質問をすると、

「はい、涼くんは私の後輩で、高校三年生の時にうちの事務所に入ってきたんです。それが、私たちの『最初の出会い』でした」

と葉月が答えた。

「ふ～ん、事務所の先輩と後輩なんだ……」

「はい。俺、葉月さんに憧れて、この世界を目指したんです」

と葉月の顔を見ながら涼が言った。

「わかった。これから、撮影期間中よろしく」

伊藤は二人にそう伝えた。

高島涼と葉月のＣＭ撮影は順調に進み、期日内に伊藤の仕事は終了した。

☽伊藤劇場開幕

次の仕事の打ち合わせのために制作元のテレビ局の会議室に伊藤はいる。

監督として連続ドラマを担当することになったのだ。

伊藤がこの仕事を引き受けた理由は、Ｗ主演のひとりが葉月だったことだ。

共演相手は売り出し中の新人。

「名前は……なんだっけ？」

と呟く伊藤。

打ち合わせも最終段階に来ていた最中、制作元の上層部のスタッフが伊藤のもとにやって来ると、

「監督、大変です……主演の新人俳優がやっちゃいまして……降板となりました。急遽、代役の選定に入ることになったのですが、その……監督からのご意見も聞きたくて。どなたか推薦できる俳優はいますか？　もちろん所属事務所への打診、許可が前提になりますが」

と伝えられた伊藤は迷わず、

「涼……高島涼でお願いできますか？　彼は年齢も今の俳優とほぼ変わりませんし、イメージも同じ感じです。あと、高島君と葉月は同じ事務所ですから調整は取りやすいかと思いますけど……」

伊藤は、涼と葉月の共演のチャンスを何が何でも勝ち取りたかった。

「わかりました。彼の事務所に打診をします」

とスタッフは部屋を退出していった。

程なくして、代役として高島涼が発表され、涼は人気ドラマ枠の主役を勝ち取った。

しかし、大金星をあげたのは紛れもなく伊藤だった。涼と葉月の主演作品を制作することが〝新たな目標〟であった伊藤は、台本を片手に歓喜の雄叫びを上げた。

☽共演するふたり

『俳優・高島　涼（二十一歳）、女優・葉月（二十五歳）は、話題の映像監督・伊藤要が手掛けるCMで、ペアオーディションを勝ち抜いて見事に主役の座を射止めた、今世間がもっとも注目する若手俳優と女優……』

メディアの紹介欄には『ＣＭ初共演』という見出しが躍る。

伊藤が惚れ込んだこのふたりが表紙を飾るファッション誌、週刊誌は飛ぶように売れ、今日も店頭に涼と葉月のツーショットの顔が次々と並べられる。

同年秋、高島涼は急遽降板した俳優の代役で、突然決まったＷ主演ドラマに戸惑いながら、初顔合わせの会場にいた。

涼は、数本のドラマ、映画の出演の経験はあるものの、話題作の主演となると二十一歳の彼にとっては、この上ないプレッシャーが襲いかかる。

次々とスタッフ、キャストの面々が到着する中、挨拶のために席を立ったり座ったりと、せわしなく動く涼。すでに緊張とプレッシャーで押し潰されそうだった。

「気持ち悪い……吐きそう……」

涼が打ち合わせの部屋から出ようとドアノブを握った瞬間、反対側からゆっくりとドアが開いた。慌ててドアノブから手を離すと、ドアの向こうから一人の女性が涼にニッコリと微笑んで部屋の中に入って来た。

「あ！　涼くん、お久しぶりです」

優しく声をかけてきたのは、涼とW主演を務める女優・葉月だった。

返事をしない涼に「どうかしたの？」と葉月が問いかける。

二ヶ月ぶりの葉月との再会に、

「い、いや、別に……葉月さん、お久しぶりです」

と、そっけなく挨拶をすると、涼はそそくさと自席に戻っていった。

『葉月さん』『涼くん』、二人は互いにこう呼び合っていた。

秋に打ち合わせを行い二人がW主演を務めた話題のドラマは、高校生の姉弟役から始まった。

葉月は役作りのため、サラサラのロングの髪を三十センチ以上バッサリと切り、ショートカットの女の子にイメージチェンジをした。涼はイケメン男子高校生をほぼ実年齢に近い容姿で演じた。

爽やか女子高校生に変身した葉月の演技は、放送開始より視聴者の心を掴むと、ふたりの役名から『ふみ・ゆか』の愛称で世間に周知されることとなった。

ドラマの放送回が進むにつれて、物語の内容は姉弟役から血の繋がらない姉弟という真実の関係へと展開し、次第に恋人同士になっていく。主人公の気持ちの変化と、二人を取り巻く環境が激変していくというストーリーを、ドラマでの共演が初めてとは思えないほど熱演する涼と葉月。ふたりの表情の微妙な変化、コメディ要素の強い掛け合い等、高い演技力が評価され、放送回を追うごとにドラマの視聴率も上がっていった。


撮影も順調で、今日はドラマの山場となる主人公『文彌』の部屋で一夜を共にした『由香』が、夜明け頃に文彌とベランダで会話をするシーンの撮影だった。

通常は撮影現場となる主人公『文彌と由香』が住む『ふみゆかハウス』と呼ばれる家は、実在する民家と同じようにスタジオ内に組まれたセットだが、景色や光を重視した映像を得意とする伊藤は、今日の撮影は実際の民家で行うため、役者、技術系スタッフを含むスタッフ総動員で準備を行っていた。

リハーサルを経て、本番を迎えつつある頃、涼はセリフの確認のため台本を読み直し、少し離れたところでは、葉月がメイク直しを行っていた。

涼は先程行ったリハーサル時の葉月の表情が、どうしても頭から離れなかった。

「珍しいな、葉月さんのあの表情。急に真顔になって……」

ほんの一瞬、葉月が見せた表情を涼は見逃さなかった。

「昨日のベッドの中でのシーン、俺と見つめ合う時も葉月さん、同じように一瞬、芝居ではなく素に戻ったように見えたな……」

と呟く涼。

葉月の表情が変わったことで、涼はとっさに、

「大丈夫ですか？」

と小声で葉月に声をかけた。

彼の声に反応した葉月は、

「えっ？　何が？」

と、すぐにいつもの彼女の表情に戻ったのだったが、涼以外で葉月の変化に気づく者はいなかった。

撮影は何事もなく続行され、

「本番いきまぁーす。よーい、アクション！」

と大きな声があたりに響きわたる。

緊張感の中、朝焼けの光が差し込む早朝のバルコニーで撮影が開始された。

「由香、眠れなかったの？」

涼の役名、『文彌』が葉月の役名『由香』に優しく呟く。

「大丈夫だよ、文《ふみ》。不思議ね……こうやって外の景色を見ていると、昨日と同じなのに違う景色に見えて、まるで違う世界にいるみたい」

と葉月が『由香』のセリフを口にする。

「俺は、由香の隣にいたい。俺は、姉弟じゃないとわかったあの時からずっと由香だけを見てきた。だから、由香が俺の思い描いた世界に来てくれたことがとても嬉しいんだ。待ってたよ、由香」

と涼が『文彌』のセリフを言い、葉月の頬に手を伸ばし顔を近づけようとした瞬間、

『由香を演じていた』葉月が明らかに動揺し、顔を横に背けると彼女の動きが止まった。

「え？」

と涼が葉月の表情を見たと同時に「カット！」と監督からの声がかかった。

「あっ！　すみません……ごめんなさい」

か細い声で葉月が謝る。

「何、何～？　葉月ちゃん、役に入り込みすぎちゃったかな～？」

と伊藤が重たい空気を和らげた。


「すみません。涼くんがあまりにも目力が強くて、吸い込まれそうになりました～」

と葉月が笑顔で答えた。

「涼くん、ごめんね。もう一回！」

と両手を合わせて謝る葉月。

「涼、だめじゃないか～」

とメガホンで話す伊藤の声が響き渡ると、

「俺のせい？　ひどいな～」

と笑顔で涼が自分に向かって指をさした。

現場は笑いに包まれた後、撮影は予定通りに終了した。

涼と葉月の主演ドラマは高視聴率を維持したまま最終回を迎え、『ふみ・ゆかロス』と言われ、涼と葉月は『恋人同士』の役のイメージのまま、ふたりの人気はお茶の間に定着しつつあった。

☽月夜の告白

今夜は、ドラマ『MY　PLACE』の打ち上げの日。

会場はなんと、ドラマのロケで使用された『ふみゆかハウス』。

一階リビングにはスタッフ、関係者のみが集まり、ささやかな内々だけの打ち上げパーティー。

苦楽を共にした仲間同士での飲み会に、場は大いに盛り上がっていた。

そんな中、涼が葉月に声をかけた。

「葉月さん、ちょっと、いいですか？　今夜、綺麗な月が出てるんですよ。二階で一緒に見ませんか？」

優しい眼差しで葉月を誘う涼は、まるで『迷子の子犬』のように可愛らしかった。

涼からの誘いに、

「いいよ、行こうか」

と素直に答える葉月。

「監督～、僕たち二階で月見てきます～」

元気な声で涼が言うと、

「了解～。清く正しくな！」

と声をそろえて返事をするスタッフが二人を茶化す。

「清く正しく、って……何なんですか……大丈夫ですってば……」

と答える涼。

わちゃわちゃ感満載の空気の中、階段を上り二階へ行く涼と葉月……。

涼の役名だった『文彌』の部屋からベランダに出ると、目の前に青白い光を放つ満月がふたりを出迎えた。

「綺麗……」

と葉月が涼に向かって呟く。

「そうですね。綺麗な満月だ」

と優しく返す涼。

「私、月の光、大好きなの」

葉月が涼の顔を見上げてそう言った。

「俺も……です」

涼が葉月を見ながら返答した次の瞬間、真顔になった涼が葉月に言った。

「葉月さん、俺、将来、葉月さんと結婚したいと思ってます。俺じゃだめですか？」

「は？　何、突然、涼くんどうしたの？　何の冗談？」

と驚く葉月に涼は、

「冗談ではありません、真剣です。初めて会った時からあなたが好きでした。ずっとあなただけを見てきました。だから俺……」

と重めの告白に戸惑う葉月。

その葉月の表情を見た涼。

「あっ！　好きな人がいるとか？　彼氏とか？」

と彼女に質問をした。

涼の顔を見ると、

「彼氏はいない。でもずっと、片思いの人はいるかも……」

と葉月が答えた。

「片思いの人って……誰ですか？」

俯《うつむ》き呟く涼。

今をときめく、若手イケメン俳優からの突然の告白に、葉月は何とか言葉を探し、

「涼くんの気持ちは嬉しいよ……でも、ほら、涼くんはまだ二十一歳だし、これからまだまだ沢山の作品を創っていくわけだから。あと、涼くんくらいの年齢の頃は年上のお姉さんに憧れることがあるし、たまたま近くにいるのが私なだけで……」

と葉月は諭すように涼に話す。

葉月の言葉を聞き俯いていた涼は顔を上げると、

「それって、『今はだめだ』という意味ですか？　『俺が子供』だから？　『大人の男』になったらいいってことですか？　だったら、俺は早く大人になります。だから、葉月さん、

待っててください」

と引かない涼。

「わ、わかった。じゃあ、数年後、『涼くんが大人になった頃』にお返事するから。それでどうかな？」

と苦し紛れに葉月が涼に返事をした。

今までグイグイと押していた涼は、急に冷静になると、

「わかりました。では、数年後必ずお返事くださいね。俺、待ってますから」

と呟いた。


こうして、高島涼『突然の告白タイム』は終結したのだった。

月夜の晩、ベランダで涼の暴走に戸惑う葉月。

そんなことが起こっていることを知らない伊藤は、庭から二階のベランダにいるふたりを見上げると、

「あいつら、楽しそうに話してて、仲がいいな～」

と言いながらたばこを吹かした。

第4章

☽五年後に向けて

好感度が高い涼と葉月の再共演を願う声は多く、次作品にも期待がかかる中、伊藤は一人悩んでいた。

彼は、涼と葉月を主演とする映画製作を考えていたからだ。伊藤が監督・脚本を手掛けた完全オリジナルの『大人の恋物語』。

しかし、彼は悩んでいた。それは、映画の登場人物の年齢と涼と葉月の実年齢に差が生じてしまっていることだった。

「う～ん、だめだ。いくら演技力に定評がある二人でも、作中の二十六歳と三十歳の役は難しい。人生経験がなさすぎる」

と呟く伊藤。

毎日毎日このフレーズを繰り返す伊藤に、マネージャーの桐谷は何気なく、

「じゃあ、五年後に撮影すればいいじゃないですか？　五年もあれば、その間に二人ともそれぞれに人生経験が積める。それなら問題ないでしょ？　それに五年もあれば前作の『ふみゆか』のイメージが少しは薄れるんじゃないんですかね。前作と全く違った一面を描けるのではないですか？」

桐谷の言葉に伊藤は『はっ！』とした。

「そうだ！　それだ。五年後、実年齢に達した彼らをリアルに撮影すればいいんだ。五年もあれば、役作りを含む人生の経験が各自十分に積める……いいぞ〜、桐谷！　でかした！」

興奮した伊藤の様子を見た桐谷は、車のキーを伊藤の目の前にかざすと、

「じゃあ、二人のスケジュールを押さえに彼らの事務所に交渉に出向きましょうか」

と伝えると、涼と葉月の所属する芸能プロダクションに車を走らせた。

数日後、太陽が西に傾き始めた頃、涼と葉月は次回作の打ち合わせと聞かされ、二人の所属事務所の応接室に呼び出される。

ふたりが応接室に入るとそこには、所属芸能プロダクション『Mエンターテインメント』の社長『雅　鈴子』と伊藤、そして、現在の涼と葉月のマネージャー、大津と岡田が

同席していた。

いつも通り、伊藤のプレゼンテーションで次作の説明が開始される。

次作は、『大人の男女』が繰り広げる、伊藤が脚本も担当する完全オリジナルの『恋物語』。特に伊藤がこだわっている部分が、色彩や背景とのことであるが、主人公二人の人生経験から放たれるであろう豊かな表情や、年齢を重ねたからこそ引き出すことのできる表現力の強さが魅力だと語った。

「難しい役だな……」

と、涼と葉月の双方が思ったその時だった。伊藤からふたりに次の言葉が放たれた。

「この作品を撮るにあたり、次のことを君たちに伝えたい。

この作品のクランクインは五年後、涼が二十六歳、葉月が三十歳になる年だ。

それまでは、前作の二人のイメージを払拭させるため、映画、ドラマ、CM、グラビア、雑誌の表紙すべてにおいて共演をNGにしたいと考えている。

もちろんプライベートでの交流も控えてほしい。

これは雅社長にも了承していただいている。CMの契約に関しても五年後に再開できるように調整をしている。

今後、五年間、それぞれ違う役者との共演や他の監督との共演で沢山のことを吸収して、また俺のところへ戻って来てほしい。

二人の意見を無視してわがままを言っていることはわかっている。

だけど、俺は、この作品の『主役は涼と葉月』お前たち以外では考えられない。

お前たち『二人の共演作品は俺だけが撮りたい』。お前たちを他の監督に撮られたくない」

伊藤は涼と葉月にそう熱く語った。


伊藤に圧倒的な言葉を並べられた涼と葉月、そして二人のマネージャーは言葉を失ったが、社長の雅が静かに口を開いた。

「涼、葉月、私はあなたたちに、もっともっと高みを目指してほしい。そして、見たことのない景色を見てほしい。伊藤監督とならそれができる。

私は、あなたたちにその希望の光を見つけた。だから、監督の提案に賛同した。もちろん、大津と岡田二人にもお願いしたい。涼と葉月のことを『日本を代表する俳優と女優』にするために……」

「五年……」

涼が呟いた。

少しの沈黙の後、葉月が伊藤監督と雅社長の方を見て、静かに口を開いた。

「監督、社長、わかりました。私、この仕事お受けします」

冷静で凛とした表情で話す葉月を見た涼は、それに追従するかのようにこの条件を了承した。

部屋に残された涼と葉月……。

動揺を隠せない涼。

「葉月さん、俺……」

「涼くん、大丈夫だよ。五年後また共演できることが決まってるなんて、すごいことだよ。そう思わない？　だから、私は五年後、涼くんとまた共演できることを楽しみにしてる。涼くん、その頃にはきっと『大人の男』になってるから……忘れた？　お返事する約束。それに、私たち同じ事務所なわけだし、近況はいやでも耳に入るでしょ？　離れ離れになるわけじゃないし」

葉月は諭すように涼に伝えた。

「わかりました、葉月さん」

涼はそう言うとゆっくりと葉月に近づき、彼女の前に立つと、自分の頭を葉月の肩にそっと置いた。葉月は微笑みながら、自分の肩にもたれた涼の頭をポンポンと優しく叩いた。

窓から差し込む夕陽が二人を照らすと、部屋全体がオレンジ色に染まった……。

☽それぞれの時間

涼と葉月の共演NGは、メディアやSNSなどで大々的に公表され、突然の発表に世間は驚き、熱烈な『ふみゆか』ファンからは連日事務所に抗議の電話が殺到した。

「いやぁ～ここまでとは思わなかったな……」

マネージャーの岡田と大津は電話の呼びだし音が一瞬途切れた合間にそう口にする。

「ほら、鳴ってるぞ、電話」

「はい、はい」

対応は夕方まで続く。

メディアでは『本当は不仲だった』『男女のもつれが引き起こした別れ』など好き勝手な憶測が飛び交うが、一方でドラマの好感度に助けられ、悪い噂はあくまでも噂として忘れさられ、涼と葉月が演じた『ふみゆか』は今でも『国民的恋人たち』『あなたが選ぶ恋人たち』に選出されるなど根強い人気を維持していた。

涼は、モデルや女優との共演作品が新たな役柄を生み、着々と人生経験を積み重ね、『大人の男性』へと変化していく……。

「涼君、お疲れ様。この後何かあるの？」

と共演の遠藤香苗が涼に尋ねた。

「別に、ないですよ」

「じゃ、軽く飲みに行かない？　いい店があるの」

「わかりました」

と言うと、眼鏡と帽子を深々と被って遠藤香苗と一緒に通りを歩いて行く涼。

更け行く夜、立ち止まって、

「今夜は満月か……」

夜空を見上げ月の光を浴びる涼の横顔は美しかった。彼の透明感のあるビジュアルに見惚れた香苗は思わず、

「料理もお酒も美味しかったね～」

と明るく言った。

「料理も多彩で、酒もうまかったです」

と涼が答えた。

「これから、どうする？　家でもう少し飲まない？」

と香苗は瞳を潤ませ大人の魅力で涼を誘った。

彼女の表情に少し困惑した涼だったが、

「わかりました。じゃあ、少しだけ……」

と言うと、二人は香苗のマンションに入って行った。

部屋に入った涼に、香苗はショットグラスに氷とウイスキーを注ぐと手渡す。渡されたグラスを口にする涼。

涼と香苗は作品のことや芝居のことを熱く語り始めた。閉ざされた二人だけの空間。

会話が途切れた瞬間、彼女は男性を誘う甘い視線を涼に向けると、涼の両頬に触れ、ゆっくりと自分の唇を重ねようとする。涼は驚く様子もなく香苗の唇の重みを受け入れた。涼が、香苗の身体をゆっくりと押し倒し、香苗が涼の首に手を巻き付け両方の指を重ねようとした時、涼が身体を起こし香苗に背を向けた。

数秒間、二人の間に沈黙が走る。

「続きしないの？」

と香苗が尋ねた。

「すみません。俺、今日は……」

「私じゃ不満？」

「いや、そうじゃなくて……今日は、その……そんな気持ちになれないっていうか……」

「なんか理由でもあるの？」

「うまく言えないんですが……たぶん、月を見たから……だと思います」

「月？　よくわからない言い訳だけど、わかったわ。また明日から撮影一緒に頑張ろうね！」

と言うと香苗は起き上がり、涼の頬に軽く口づけをした。

「はい、わかりました」

と涼が答えた。

香苗が涼を送るためにマンションのエントランスに一緒に降りてきた。

自動ドアが開き、涼と香苗が外に出た瞬間、二人をつけて来た週刊誌の記者のパシャパシャというカメラのシャッターを押す連写音と共に眩しいフラッシュが光った。

高島涼は、現在『共演者キラー』『年上キラー』などと騒がれ、涼と共演した女性は必ず、高島涼の『新・恋人』として浮上しメディアを賑わせる。

今回も『高島涼の新恋人は遠藤香苗だった』と書かれた見出しで二人の記事が掲載された週刊誌は飛ぶように売れる。

一方、葉月は年齢を重ねるたびに今までの清楚なイメージに加え、色気から醸しだされる妖艶なイメージを世間から持たれるようになっていた。

『様々な色』を持ち合わせる女優へと成長していく葉月の新しい相手役に抜擢されたのは、実力派俳優で二十八歳の『前田遠矢』。彼はもともと、葉月と共演予定であったのだが、葉月の相手役の『席』を涼にずっと『占領』されていたため、ようやく回ってきた相手役にやる気満々な様子。積極的に葉月に声をかけ、演技プランを提案する遠矢。

『恋人役』を演じる際は、撮影中、撮影後にも葉月と一緒にいることが多く、周りのスタッフが呆れるくらいに遠矢は葉月の傍を離れなかった。

「葉月、今夜一緒に食事でも行かない？」

と遠矢は葉月の名前を呼び捨てにする。

「あっ、はい！　撮影が終われば大丈夫ですよ」

と返事をする葉月。

「じゃあ、十九時にいつものシャンクスで」

と行きつけのレストランの名前を伝えた。

撮影も終わり、約束の時間にレストランに到着する葉月。

支配人と軽く挨拶を交わすと、奥の個室に案内される。

芸能人ご用達のこの店は、「安心・安全」な場所だった。

「遠矢さん、お待たせしました」

と私服姿の葉月が個室に入って来た。

「いい女……」

と呟く遠矢に戸惑いながら椅子に座る葉月。

細身のグラスに注がれたシャンパンを二人で飲むと、美しく盛り付けられた料理の皿が次々に運ばれてきた。

「美味しそう。いただきます」

料理を堪能する葉月をじっと見つめる遠矢。

遠矢の視線に気づいた葉月が、

「何か？」

と遠矢に尋ねる。

「いや……別に……」

と視線を逸らす遠矢。


食事を済ませた遠矢と葉月は、レストランを後にして酔い醒ましのために人気《ひとけ》のない公園沿いを歩く。

「遠矢さん、美味しかったですね……御馳走様でした。いつもありがとうございます」

とお礼の言葉を口にする葉月。


すると、遠矢が葉月の手首をつかみ自分の方へ引き寄せた。

驚く葉月に遠矢が彼女の耳元で囁いた。

「葉月……俺、お前のことが好きだ。俺とつきあわないか？」

と真剣な表情の遠矢。

「遠矢さん、どうしちゃったんですか？」

と言う葉月の唇を塞ぐように遠矢は自分の唇を重ねた。

慌てて遠矢から離れる葉月。

「遠矢さん……」

驚く彼女に遠矢が言った。

「俺、本気だから。お前に好きな人がいようがいまいが関係ないから。だから、俺とつきあってほしい。俺じゃだめか？」

と遠矢が自分の想いを葉月に伝える。

葉月は遠矢を見ると申し訳なさそうに、

「私、好きな人がいます。片思いですけど、その人のことが好きなんです、ずっと……だからすみません、遠矢さんとは作品の中でしか恋人にはなれないんです。ごめんなさい」

と遠矢に自分の気持ちを伝えた。

「片思い……じゃあ、俺にもまだチャンスはあるんだよな？　作品の中での恋人から、本物の恋に変えてみせるよ」

と遠矢は微笑むと、葉月にそう告げた。


葉月の言ったとおり、作品の中での遠矢と葉月は本物の恋人のようで、周囲が誤解する程の雰囲気を創り出していた。

大胆な濡れ場を演じた遠矢と葉月にメディアは一斉に『恋人説』を唱え、連日二人に関する報道は加熱する。


テレビ局の廊下を歩く遠藤香苗、前方からは前田遠矢が歩いて来た。

遠矢が先に香苗に話しかける。

「香苗さん、久しぶり。ずいぶんメディアを騒がせてますね。若い、イケメンの高島涼とけっこう親密なんですね」

「ありがとう。遠矢さんもお元気そうで何よりです。そっちこそ、葉月ちゃんといい感じになってるって局内でも噂でもちきりよ」

「はは……冗談、ただの作品の中だけの恋人なんで俺は」

「えっ？　そうなんだ。てっきり私……ごめんなさい」

「はは、いいですよ。彼女、片思いの人がいるそうで。でも、少しは脈ありかなって勝手に思ってて……」

「ふ〜ん、片思いの相手ってやっぱり涼君のことかな？」

「ちがうでしょう。だってあの二人、事務所の発表で共演ＮＧになってるんですよ。それにプライベートでも連絡取ってないって言ってたし」

「そうかぁ。涼君も同じこと言ってたな……だから、ないか……二人の恋人説は」

と香苗が言った。

「そうですね。ないですね」

と遠矢も自分を納得させるかのように言った。

第5章

☽傷

涼と葉月が共演をしなくなり、二年が経過していた頃、事件が起きた。

まだ肌寒い日のことだった。珍しく早く目覚めた涼。

ベッド脇に座り、テレビのリモコンをオンにして情報番組にチャンネルを合わせると、涼の目に『葉月』という懐かしい文字が飛び込んできた。

テレビの画面に映し出された文字とキャスターが話す報道の内容に涼は驚きを隠せなかった。

「昨日、女優の葉月さんが、映画撮影中に暴漢に襲われ救急搬送されました。容体はまだ不明ですが、現在撮影中の映画については撮影が一時的に中断することが予想されるため、公開の延期を制作元と事務所が正式に発表しました」

涼は思わず、スマホを手に葉月のマネージャーに連絡をした。

「もしもし、大津さん？　涼です。葉月さんは大丈夫なんですか？」

慌てた口調の涼にマネージャーの大津が説明を始めた。

以前、前田遠矢と演じた濡れ場に嫉妬したと思われる葉月のファンが、映画撮影中の現場にスタッフを装い紛れ込み、昨日、休憩中の葉月の控え室で彼女に乱暴しようとした。偶然、廊下で葉月の悲鳴を聞いた遠矢と伊藤が控え室のドアを蹴破り部屋に飛び込んで、男を取り押さえ未遂に終わったが、葉月の着衣は乱れ、ショックのあまり、その場で気を失ってしまったとのこと。

犯人は警察に連行され、同時にメディアは暴漢に襲われたとだけ報道し、内容については詳しくは語られなかった。緘口令が敷かれたためで、真実は社長と事務所の一部のスタッフのみが知っていることを涼に伝えた。

報告を受けた涼は、その場に立ち尽くすと、テーブルに置いてあった空き缶を手に取り壁に向かって投げつけた。

緘口令が敷かれたこともあり、暴漢事件の報道もすぐに世間から忘れ去られていった。

そして、葉月と遠矢の映画撮影が再開されたことを聞かされた涼は、

「葉月さん、大丈夫になったんだ。よかった」

と安堵の表情を浮かべた。


数日後、事務所のソファーに座りスマホをいじっていた涼のもとに、凄い勢いでドアを開け伊藤が飛び込んできた。

「涼！　涼！　頼む！　俺たちを、いや、葉月を助けてくれ！」

と伊藤が涼の両肩を掴むと前後に揺さぶった。

「何？　何ですか？」

驚く涼に、伊藤の言葉が続く。

「映画の撮影は再開したんだが、葉月が例の事件の後から様子が変で、男性が近くに行くとガタガタと身体が震えてしまい、芝居ができない状態なんだ。

遠矢と俺とは何とか話はできるんだが、その……演技指導や隣に座ると震えだして……。

それでも彼女、撮影は何とか頑張っていたんだが、ここ一週間程、現場に来れない状態

になってて家に引きこもってる。

彼女、精神的に追い詰められているようで、あの事件で心に受けた傷がかなり深かった。心も完全に閉ざしている。このままだと、葉月は、女優として終わってしまう。専門家に相談もしてみたんだが、本人が一番心を許しそうな人と話をしてみてはどうか？　という助言をもらい、みんなでどうしたらいいか話し合った。

結論から言うと、涼、お前、葉月に会ってもらえないか？　葉月、きっとお前になら心を開いてくれるんじゃないかなと思って。

都合の良いことばかり言ってることは重々承知している。雅社長もこの件は了承している。

涼、頼む！」

と懇願する伊藤に涼は、

「監督、わかりました。この役目を遠矢さんじゃなくて俺に与えてくれて、ありがとうございました。俺、葉月さんに会ってきます」

と少しだけ嬉しそうに答えた。

涼が、事務所から出て行こうとすると、葉月の親友、メイクアップアーティストの凛が待っていた。

「凛さん……葉月さんのこと聞きました」

「うん。私も色々とやってみたんだけど、異性に対しての拒絶が凄くて……だから、涼君に白羽の矢が立ったんだろうね」

そう言うと凛は無言で涼に葉月のマンションの合鍵を渡した。

「これ、彼女の部屋の合鍵ですか？」

と涼が凛に聞いた。

「そう。お願い、葉月を助けてあげて。葉月に涼君が会いにいくこと、連絡しておくね」

と告げると凛はその場を立ち去った。

☽再会

「今日は何日だっけ？　今何時？　もう夕方か……ごはん、いつ食べたかな？　なんか食べなきゃ……」

冷蔵庫を開ける葉月。

「空……」

葉月は冷蔵庫からペットボトルの水を手に取り、フタをあけ一口飲むと、溜息をついた。

締め切ったうす暗い部屋のカーテンの隙間から、ほんの少しだけ夕陽が差し込む。

グレーのスウェットパーカーとズボン姿。髪はぼさぼさで寝ぐせだらけの葉月。その姿からも、ここ数日の彼女の行動は誰もが予想できる。テレビも灯りもつけず、スマホも触らず、すべてのことから逃避している彼女。事件後、ひとりになると意味もなく涙を流し布団の中にもぐり込む日々。

周囲にはひたすら「大丈夫」と言って笑っていた彼女だったが、誰にも言えない本当の気持ち、表に出せない感情にひとり苦しみ、親、友人をも寄せつけなくなっていた。張りつめていた糸が切れてしまった葉月。心が疲れ果てた葉月。


スマホからピカピカと放たれる光が着信を知らせる。

「凛ちゃん……」

葉月が久しぶりにスマホを手に取った。

「葉月、ごはん、ちゃんと食べてる？」

凛の元気な声が葉月の耳に届く。

「食べてない……かな……凛ちゃん、お腹すいた……」

久しぶりに人と話す葉月。

「よかった。食べたい気持ちになったんだね。あとで、ごはん作りにいくよ、涼君が。じゃあね！　ちゃんと食べるんだよ」

と言うと凛は一方的に電話を切った。

「え？　今なんて……」

と驚く葉月。

「涼くんって言ってたよね……」

スマホ片手に立つ葉月。鏡に映る自分のやつれた姿を見て驚いたのだった。

凛の電話から一時間程が過ぎた頃、ピンポーン……葉月の部屋のインターフォンのチャイムが鳴った。

彼女が応答ボタンを押すと、モニターには、帽子を深々と被り眼鏡をかけた涼が映って

おり、

「ごはん、作りに来ました～」

と懐かしい声が葉月の部屋に響いた。

一瞬、葉月はロック解除ボタンを押すことに躊躇したが、それを察したのかインターフォンからは、

「葉月さん、開けて！　でないと、俺、周りに見つかってしまう。お願い開けて。早く～」

とおどけた口調でモニターに必死に話しかける涼。

葉月はクスッと笑うと、

「はい」

と返事をし、解除ボタンを押した。

モニターには、エントランスの自動ドアが開き中へ入る彼の後ろ姿が映っていた。

そして、葉月の部屋の玄関のドアが開く音がした。涼が来ると聞かされた後、急いでシャワーを浴び、黒色の上下の部屋着に着替え、髪を整えた葉月がゆっくりと廊下を歩き、玄関に向かう。

そこには、両手に沢山の食材が入ったスーパーのレジ袋を持って微笑む高島涼が立っていた。

「涼くん……」

呟くように葉月が彼の名前を呼んだ。

「葉月さん……」

と涼も彼女の名前を呼んだ。

二年ぶりに交わす会話は何ともシンプルなものだった。

本当の気持ち

「涼くん、久しぶり。凛ちゃんから連絡もらって驚いた。忙しいのに来てくれてありがとう」

と平静を装い葉月が涼に話しかけた。

「葉月さんがごはん食べてないみたいって聞いて、心配になっちゃって、だから、ほら！リクエストに応えられるように、いっぱい食材調達してきました。残りは冷蔵庫に入れときますね！　何でも作れますから、リクエストしてください！」

とキッチンのカウンターで食材を袋から出しながら話す涼。

涼はキッチンから葉月の部屋全体を見渡し、懐かしそうに微笑んだ。

涼の様子を見た葉月は不思議そうな顔をした。

「葉月さん、痩せてるな……まともに食べてない感じ。表情もやつれてる……」

久しぶりに見る葉月の姿に、涼がそう呟いた。

彼はいつもと変わらない口調で、

「お客様、ご注文はなんですか？」

と葉月に聞く。

「オムライス、卵は硬めのやつ。あと、キャベツのスープを……」

と彼女が答える。

「了解」

と頷くと、涼は調理を始める。

キッチンに食材を切る軽快な包丁の音がリズミカルに鳴り響く。リビングのテーブルの椅子に座り、葉月はその様子を眺めていた。玉ねぎをバターで炒める音とともに甘いいい匂いが葉月の臭覚を刺激する……。

久しぶりに『ごはん』を食べる葉月。急に空腹感を覚えた彼女は、「ぐ～」とお腹から聞こえる音に思わず腹部を押さえる。

葉月はキッチンに立つ涼の隣に行くと、

「何か手伝うことない？」

と話しかけた。

「じゃあ、このキャベツを手でちぎってボールに入れて洗ってください」

と涼が葉月にキャベツを渡そうと葉月の手に触れた途端に、葉月の表情が変わり、手が震え身体がガタガタと震えだし、涼に背を向けた。

葉月の姿に驚いた涼に、

「ごめんなさい……」

と怯えた表情を見せる葉月。

涼は料理の手を止めると、葉月の目をじっと見つめた。

葉月は震える手を胸の前で握りしめるように押さえながら、

「ごめんね。あの事件以来、男の人の傍にいると身体が震えだして、怖くなって話せなくなる。でも、今日涼くん来てくれて普通に話せたから大丈夫かな……って思ったんだけど、やっぱり無理だった。怖い……私、もうだめなのかな……」

涙を流しながら話す葉月。

涼は、背を向ける葉月を後ろからそっと抱きしめ、

「怖かったな……辛かったな……でも大丈夫、俺が傍にいるから。大丈夫、怖がらなくていいんです、俺が隣にいるから。忘れたいことは忘れていいんです。そしてゆっくりでいいから前を向けば、それでいいんです」

涼の優しい言葉は、傷つき孤独だった彼女の心を一瞬で包み込むと、心の奥深くにしまい込まれ、二度と出てこないように封印されていく……。

そして、彼の言葉は葉月の心にあった『恐怖心』を『安心感』に変えていった。

「涼くん……ありがとう」

と葉月は涼の腕の中でそう呟いた。

☽優しい時間

卵硬めのオムライスとキャベツのスープ。料理が得意な涼が以前ドラマの共演中に自らが作り現場に差し入れをした時のメニューだった。

葉月はこれらをすごく気に入り、事あるごとに涼に、

「美味しかった」

と伝えていた。

出来上がった料理をリビングで美味しそうに食べる葉月を見ながら、嬉しそうな表情の涼は、

「沢山、食べて」

と彼女に声をかけた。

「涼くんの料理、やっぱり美味しい。元気がでるよ」

と笑顔の葉月。

いつしか、彼女の身体の震えは止まり、会話も以前のように自然にやり取りができるようになっていた。

彼女の様子に安心した涼は、

「葉月さん、外にも出てないんでしょ？　散歩でも行きますか？　あっ！　それか行きたいところあるなら一緒に行ってもいいですよ。考えておいてくださいね」

と涼が葉月を誘った。

「ありがとう。でも監督と社長から、プライベートでの交流はＮＧと言われてるよね。あと三年……」

と呟く葉月。

「そうなんですけどね。監督と社長から葉月さんが元気になるまでプライベートでの交流に関しては一時的に解除してもいい的な感じで言われて、全く、矛盾してますよね、あの二人。『離れろ』って言ったり、『会って来い』って言ったり……。でも、俺は今日、葉月さんに会えてよかったと思ってます。ずっと心配だったし、会いたかったし……」

と涼が笑いながら言った。

「そう……本当に来てくれてありがとう。涼くんと話して、胸につっかえていたものが取れたようで本当に気持ちがスッキリした。

でも、元気にならないほうがいいのかな？　元気になったら、また共演と交流ＮＧ再開？　だよね」

と葉月も笑って涼に話をする。

「仕方ないけど、それはダメです。早く元気になってください」

と涼は葉月に言った。ふたりの楽しそうな笑い声が部屋中に広がり夜は更けていく。


「もうこんな時間！　俺そろそろ帰りますね」

涼が時計を見ながら葉月に言った。いつの間にか時計の針は二十二時を指していた。

「今日は、本当にありがとう、涼くんと沢山話せて楽しかった」

涼に感謝の気持ちを伝える葉月。

玄関まで歩く二人。

涼が、

「あっ、葉月さん、さっきの外に出るって話、どこか行きたいところあったら、本当、まじで行きましょう！　行きたいところ探しておいてくださいね。俺、連絡しますから」

と言うと、葉月に背を向けスニーカーを履き、ドアを開けようとドアノブに手をかけた。

「ん……？」

涼は自分の左肘がかすかに引っ張られている感覚を覚えて振り向くと、葉月が涼の上着を握って涼の顔を見上げているのが見えた。

「あるよ……行きたいところ……涼くんの……涼くんの部屋に行きたい」

と呟く葉月。

葉月の突然の言葉に、涼は戸惑いを隠せなかったが、数秒後、ゆっくりと振り向き葉月に向かって言った。

「じゃあ、来る？　俺の部屋、今から」

「今から？」

涼からの誘いに驚いた様子の葉月だったが、すぐに、

「少し待ってて、準備するから」

と言うと彼女は部屋の奥の方へ歩いて行った。

どのくらい待っていたのかは覚えていないが、着替えを済ませ、帽子と眼鏡をつけた葉

月が、涼が待つ玄関に戻ってきた。

「じゃあ、行こうか」

と涼が葉月の荷物を持つと、ふたりは無言で部屋を出て行った。

ドアが閉まりロックされた瞬間、すべての灯りが消え、今まで涼と葉月がいた空間は一瞬で真っ暗闇に包まれた。

蘇る記憶とふたりの過去

夜の闇は、涼と葉月が俳優と女優である気配を消してくれる。

ふたりは夜道を歩き涼のマンションへと向かう。

タクシーに乗車したが、運転手は二人に気づくこともなく、世間話を少ししながら目的地付近に彼らを送り届けてくれた。

誰もいないマンションのエントランスを通り、二人は涼の部屋へ入る。

涼の部屋は白を基調とした男性が好む家電や物が綺麗に収納されていた。特に葉月の目を引いたのが、天井に設置された、投影型のプロジェクター。白い壁一面に画像が投影され映画館のように多方面から音が聴こえ、音が部屋全体に響きわたる。

葉月が音響のすごさに驚き部屋の中で立ち尽くしていると、

「好きなところに座ってください。

葉月さんは男の人の部屋に行ったことは？」

と珈琲をマグカップに注ぎながら涼が聞いてきた。

「実は、私、男の人の部屋に入るのって初めてなんだ。信じられないよね……多分」

と呟いた葉月は部屋の中央にあるソファーに座った。

「ふーん、そうなんだ。なんか意外っていうか……あっ！　そういう意味じゃなくて、葉月さんは大人の女性だから恋愛経験豊富なのかなって思って……」

と涼は葉月の隣に座るとマグカップを手渡した。

「片思いしてる……ずっと」

葉月が呟く。

「それ前にも言ってましたよね。それ誰のことですか？」

と涼が畳みかける。

「六年くらいかな……多分、年下の男の子だったと思うんだ」

と答える葉月。

「六年？　年下だったと思う？　年下だったって……ことは、名前とかも知らないってこと？」

驚いた顔の涼が葉月に聞き返した。

「う……ん。名前も知らない。どこの誰かもわからない。あっ！　でも、その人の瞳は覚えている」

と話すと葉月はうつむいた。

「六年間も想い続けているということは、何かあったってことですよね？　知りたいな……葉月さんのこと」

と涼は葉月の顔を覗き込んだ。

「う〜ん、わかった……」

葉月は、覚悟したように自分のことを話し始めた。

「六年前のクリスマスイブ、その日は満月が綺麗な夜だった。

私は、イベント会社主催のパーティーで飲みすぎちゃって、先に一人で帰っていた時に、酔い醒ましのため公園のベンチに座って月を見ていたら、いつの間にか眠ってしまって、気が付いたら隣に学生って感じの男の子が座っていたの。何か言ってたみたいだったけど、私、酔ってて全然覚えてなくて……。

そして、また寝ちゃったみたいで、目覚めたらその男の子はまだ私の隣に座ってて、横顔が綺麗で黒髪がサラサラで……、何故か『家まで送ってください』とか言ってしまって、家に招き入れてしまったの。私、その頃もお芝居では『恋愛』ものとか演じていたけど、実際は恋愛経験がなくて……今思えば、すごく大胆なことをしてしまったと思ってる。そして、その子とそのまま一夜を過ごしてしまって……。

月明りで部屋の中はうす暗くて、お酒も入ってたからはっきりと彼のことは覚えてなくて、断片的な記憶なんだけど、彼の私を見つめる瞳が吸い込まれそうなくらい綺麗だったのは、はっきりと覚えている。六年経った今でもその瞳が忘れられない……。そして明け方くらいだったのかな、私の耳元で彼が言ったの……」

葉月が言葉を続けようとした時だった、

「俺もあなたのいる華やかな世界に行ってみたくなりました。いつかあなたの隣に立てる男になりますから、それまで待っていてください……だから俺のこと覚えておいてください。これは俺のことを思いだしてくれる時まで持っていてください」

と涼が呟いた。

涼が呟いた言葉に、

「え？　どうしてその言葉を知ってるの？」

と驚いた表情の葉月。

涼は無言で隣の部屋に行くと机の引き出しから、何かを取り出し持ってきて葉月の目の前にかざして見せた。

「これって……」

涼が葉月に見せたものは、葉月が六年間大切にスマホにつけている『片思いの彼から贈られたのと全く同じ色をした光る石のストラップ』だった。

「えっ！　え～？」

激しく動揺し、混乱した様子の葉月。あの夜の記憶が蘇る。

混乱の末、葉月はあの夜に見た綺麗な瞳、優しい眼差しで彼女を包み込んでいた彼が、今、自分の目の前で、自分を見つめる高島涼であったという事実をようやく理解する。

そして、「はぁ〜」と深い溜息をつくと微笑みながら、

「どうりで、涼くんを初めて見た時に不思議な気持ちになったんだ……」

と呟いた。

涼は優しく微笑むと、

「この『光る石』には古い言い伝えがあって、たとえ離れた場所にあっても石が互いを引き寄せる力で、石を手にした者同士は必ず出会い一緒になることができる……これを俺にくれた人が言ったんです。

葉月さん、ありがとう。俺のことやっと思い出してくれましたね。葉月さんが俺のこと六年間も想ってくれていたなんて……嬉しくて嬉しくて」

と涼は感動して泣きだしそうな表情を見せた。


そんな涼の顔を見た葉月の頭の中に、ある疑問が浮かんだ。

「ん……？　待って、涼くんって、あの時って何歳だったの？」

と葉月が涼に聞いた。

「十七歳。高校二年生ですけど」

と涼が答える。

「十七歳？　高校生だったんだ……大人びてたから、大学生くらいかなって思ってた。えっ！　私はその……高校生の涼くんを部屋に誘い、一夜を過ごして、高校生の涼くんに六年間も片思いしてたってことだよね……」

と葉月が言った。

「まぁ……そういうことになりますかね……でも、その……あの夜のことは合意のもとですから……」

と涼も答える。

葉月に何とも言えない複雑な気持ちと、罪悪感が同時に襲いかかった。

「葉月さんの好きな人、俺は今までずっと、高校生の『十七歳の俺』に嫉妬してたんだ。でも、一応、同一人物ですけどね……葉月さん、俺のこと好きですか？」

と恥ずかしそうに涼が葉月に聞いた。

「今夜、私は、六年間の『片思い』にサヨナラしようと思って涼くんの部屋に来た。前に進もうと思って……。

いつも涼くんが、作品の中で私の隣にいてくれるのが当たり前だと思っていた。

でも、会えなくなって初めてわかった。いつも私を優しく包んで見守っていてくれていた涼くんの存在があるということを。

寂しかった……会いたかった……今まで涼くんの気持ちに応えることができなくて、ごめんね」

と言う葉月の目から涙が流れ落ちる。

そんな葉月に涼がゆっくりと近づくと、頬に伝う涙を指でぬぐいながら首を横に振り優しく言った。

「ううん、こちらこそ、六年間も俺のこと待っててくれて、ありがとうございます。俺、やっとあなたの隣に来ることができた。

好きです葉月さん、大好きです」

涼は葉月を両腕に包み込むと優しく抱きしめた。

「涼くん、私もあなたのことが大好き」

と呟く葉月。

ふたりは微笑みながら見つめ合うと、そのまま軽く唇を重ね抱き合った……。

プロジェクターから放たれる映像の光の影は、重なり合う涼と葉月の姿……。

それは、まるで映画のワンシーンのように、綺麗で美しかった……。

第6章

動きだした時間

再会直後に涼との共演が急遽決まった『MY　PLACE』のスペシャルドラマをきっかけに、葉月は心身ともに回復し、女優として完全復帰した。

遠矢との映画の撮影も無事撮り終え、公開日を控えていた。

涼と葉月のスペシャルドラマの収録後は、やはり伊藤との当初の約束通り二人の共演は再びＮＧの状態になっていた。

本来なら、涼と葉月は想いが通じて『めでたく恋人同士』になるはずであるが、スペシャルドラマ収録後に伊藤から、

「お前ら、何かあっただろ？　一線を越えたのか？」

と勘づかれ、あっさりと交際がバレてしまった。

次回の涼と葉月の共演まで、スキャンダルを恐れた監督と事務所は、二人が想い合って

いることについては承認したものの、大胆な行動は控えるようにと『釘』を刺した。

以来、涼と葉月の関係は説明するのが困難な状態になっている。

「涼くん、今日は撮影で美味しいものを沢山食べたよ」

と葉月からのＬＩＮＥ。

「そう、よかったね。俺も食べたかった〜。体は大丈夫？　無理しないでくださいね」

と返信する涼。

「まったく中学生のラインかよ。いい大人が。今時中学生でもこんなんじゃないのに」

と悶々とした日々を過ごす若手イケメン俳優、高島涼はベッドに倒れ込むのだった。


そして、月日は流れていった……。


突然、涼のスマホが鳴った。伊藤からの着信に涼の顔が綻ぶ。

涼が息を切らして、事務所の応接室のドアをノックし、ドアを開いた先には、雅社長、監督、マネージャー、そしてニコッと笑う葉月の姿があった。

「遅れてすみません」

と言う涼に、伊藤が、

「お待たせしました。五年間の時を経て、奇跡の二人が贈る『恋物語』高島涼・葉月、再始動だ～」

と声を発した。続けて、

「あなたたち、五年間、約束を守ってよく頑張ったわね。これからは、あなたたち二人の第二章の始まりよ！　あっ？　三章だったかしら？　まあ、どちらでもいいわ、これからまたみんなで突っ走るわよ」

と社長の雅が言った。

「これからのスケジュールです」

とマネージャーの岡田と大津が二人にペーパーを手渡した。そこには、共演予定作品、CM契約、映画、ドラマのタイトルとスケジュールがびっしりと記載されており、ほぼ、毎日同じスケジュールが組まれていた。

涼と葉月は唖然としたが、同時に互いに顔を見合わせると微笑んだ。

「今年のクリスマス、大好きな君に贈る　美白堂　リップルージュ　LOVERS」

全身から放たれる男の色気をまとい、甘く囁く涼が、綺麗なパレットを開き、淡く艶やかな色を葉月の唇に小指でのせる……。このインパクト大のＣＭが街頭モニターに一斉に映しだされた瞬間に、世間は高島涼と葉月の再共演を知る……。

年が明けると、本格的に涼と葉月の共演のプロジェクトが始動した。

伊藤監督脚本・書下ろしの大人の『恋物語』、映画『月の華』の撮影が開始となった。ドラマ『ＭＹ　ＰＬＡＣＥ』から五年の年月が流れていた。

それぞれ二十六歳と三十歳になった涼と葉月は、伊藤が思い描いた通りに年を重ね、経験を重ね、互いの時間をそれぞれに紡いだ分、期待以上の芝居で美しい世界観を創りだし、ふたりが織り成す恋模様に誰もが魅了され、伊藤をはじめスタッフ全員を感動させた。

そして、映画を見るすべての人々の心を虜にしてしまうほどの大ヒットとなった。

☽未来への扉

映画も大ヒットし、涼と葉月にようやく穏やかな日常が訪れようとした頃、二人は事務所の一室で雑誌の取材待ちをしていた。

涼が葉月に、

「葉月さん……その……今度でいいんですが……」

「何？」

と葉月が優しく聞き返す。

「その、昔、俺が告白した一緒になってほしい的なあの時の約束の返事がそろそろ……ほしいんですけど……」

と涼が葉月に告げた。

「そうだね、ちゃんとお返事しなきゃ。約束だもんね。じゃあ、今度のデートの時にでも……」

と葉月が話すと涼は笑顔になり、

「はい！　じゃあ、それで」

と可愛く返事をした。


涼が葉月とデートの約束をした直後、バタバタと廊下を走る数人の足音が部屋の前で止まった。

「え？　何事？」

と涼と葉月は顔を見合わせた。

部屋のドアがゆっくりと開き、伊藤が部屋を覗き込んだ。

「ここにいたぞ～」

伊藤の声を合図に、撮影スタッフ、いわゆる『伊藤組』が次々と部屋の中へ流れ込んできた。

「何？　何？」

と戸惑うふたりに伊藤が、

「『月の華』が監督・技術・俳優すべての部門において、あの有名な外国の映画祭にノミネートされたんだよ！」

突然の報告に驚きを隠せない涼と葉月。

「おめでとう！　ついにここまで来たのね。スケジュール調整と衣装の打ち合わせとか、明日から忙しいわよ。出発は十日後を予定しているわ」

と嬉しそうに社長の雅が二人に伝えた。

それを聞いた涼が、

「十日後に出発……？」

と伊藤の顔を見て変化球を投げた。

「ああ、そうだ！」

と伊藤がすぐさま打ち返す。

「デートが……」

と涼がプチ反抗！

「はっ？　はっ？　なんだって？」

と負けじと聞き返す伊藤。

「返事が……」

と小声になる涼。

「ちょっと、お前、何言ってんだかわからないぞ」

と伊藤が涼にとどめを刺す。

「もう、いいです」

涼、撃沈。

そのやり取りを見ていた葉月は、

「ふふっ」

と笑うと、両手を広げ祝福の輪に入っていった。

☽輝いた宝石たち

海外の映画祭のスケールの大きさに『伊藤組』一行は目を大きく見開いた。

今日は、映画祭の最大イベント、映画に携わる人ならば誰もが手にしたい『最高峰』である賞の授賞式。ノミネート作品の中から、主演男優賞、主演女優賞、監督賞、作品賞、美術・映像賞を含む映画製作に必要な部門すべてが評価される日である。

ノミネート作品は短編に編集した五分間のショートムービーとして順々に会場に流される。

『月の華』の映像は、月の光のコントラストを見事に捉え、月が放つ、美しい多数色を映像で表現し、役者が演じる主人公の透明感を映像で引き出すことにより、物語の展開をより鮮明に描きだしていた。

短い時間に凝縮された映像は、見るものすべてを魅了し、会場からは役者と光のコントラストが創りだす繊細な映像美に溜息が漏れていた。

その光景を見た伊藤は、

「ここは、日本じゃなく外国だよな……」

と隣に座る涼と葉月に語りかけた。


「記憶がない……」

と伊藤は、その時のことを周囲にこう話す。

涼と葉月は、

「ステージから見えたスタンディングオベーションと拍手喝采を浴びた光景は、一生忘れることはできません。今まで関わっていただいたすべての方々の顔が走馬灯のように脳裏をよぎり、撮影の日々を一気に思いだしました」

と記者のインタビューにそう答えた。

ショートムービーの上映後、いよいよ今年度の各部門の最優秀賞の発表である。

「I will announce……」
と司会の声が聞こえた。
「Best Actor, Award Ryou Takashima and Hazuki.
Best Director, Award Kaname Ito.
Best Staff, Award Team Ito.」

次々に発表される受賞者の名前に誰もが驚いた。
涼、葉月、伊藤、スタッフと『伊藤組』の名前のアナウンスが続く。
そして最後に、
「The Best movie work, Flower of Moon.」
と作品名が会場に響く……。
同時に、会場は鳴りやまない拍手とスタンディングオベーションに包まれる……。
それは、映画『月の華』が最優秀作品賞を受賞した瞬間だった……。

☽栄光が運んできたもの

最優秀賞受賞後の『伊藤組』のスケジュールは、実に過酷を極めた。

イベント主催側およびプロモーター側より、部屋数がいくつあるのかもわからないくらいの大豪邸を与えられ、最優秀賞受賞名物ともいえる受賞後の生活が始まるのである。

それは、一ケ月程『伊藤組』がほぼ全員で滞在し、涼・葉月も同様にその豪邸に滞在する。

滞在期間中は、監督・技術スタッフはその分野の取材、TV出演、大学や専門学校の臨時講師を果たし、涼と葉月は現地のTV出演、映画関連雑誌の取材、ファッションショー出演、現地CMの撮影、夜は二日に一回の頻度でどこかで開催されるパーティーに出席する等、分刻みのスケジュールをこなす。

日本側からの取材調整ができない程多忙を極める『伊藤組』、そして、涼と葉月の二人……。

あまりのスケジュールの過酷さに心配した雅社長は、涼と葉月のマネージャー、岡田と大津を日本から現地に送り込み、二人の代理人としてプロモーターとの調整を行うことにした。

涼と葉月の周りには常に人だかりができ、豪邸に戻ると、スタッフとマネージャーに囲まれる日々を送っていたが……。

事件が起こる……。

予期せぬ出来事

涼と葉月は、現地での雑誌取材のためホテルで少人数のスタッフと写真撮影を行っていた。

いつもとは少し雰囲気がちがう、ダウンタウンの中にあるホテル。片言の日本語を話す通訳の男性が一人、涼と葉月に付いていていた。

担当するコーディネーターが二人のマネージャーをスケジュール調整のために会場から連れ出したため、撮影には同席することができなかったが、撮影も順調に進み、休憩時間となった。

通訳が涼と葉月にドリンクを運んでくると、

「ノド、カワイタデショ？　アイスコーヒー、デス……オイシイヨ」

と珈琲を渡す。

「こんな場所があったんだね」

と葉月が涼に言った。

「ダウンタウンの中のホテルか……なんか違和感ないですか？」

と涼があたりを見渡す。

「なんで？」

と葉月が聞き返した。

「い、いや。いいです」

と涼は葉月に言うと、通訳から出されたアイスコーヒーを口にした。

涼が感じていた違和感、それは撮影中に二人をじっと見つめるスタッフの視線だった。

「なんか、今日のスタッフ、いつものスタッフさんたちと雰囲気がちがうな」

と疑問を感じた瞬間、涼は激しい眩暈《めまい》に襲われ、椅子から滑り落ちると床に座り込んだ。

意識が朦朧《もうろう》としていく中で涼が目にしたのは「にやり」と笑う通訳の男の顔……その後ろにはベッドに倒れ込んでいる葉月の姿が見えた……。

「お前……誰だ……コーヒーに何か入れたのか？　葉月さん……」

涼はその場に倒れ込んだ。

ホテルより離れたカフェで打ち合わせをしている大津と岡田は、コーディネーターの様子が気になって仕方がない。コーディネーターが話すことも事前にわかっている内容ばかり。それにさっきから時計を見て時間を気にしている。

大津が岡田に目配せをした。

「ちょっと、トイレに……」

と席を外す岡田。岡田は離席すると、すぐに伊藤に連絡をした。

「伊藤さん、岡田です。すみません、今日のスケジュールを担当したプロモーターの会社を至急調べてください。なんか、おかしいんですよね。取材場所もダウンタウンだし……」

岡田からの連絡に、

「わかった。桐谷に言ってすぐに調べてもらうよ。ところで涼と葉月は今どうしてるんだ？」

と伊藤が岡田に尋ねた。

「二人は今、撮影をしてます」

と岡田が答えた。

「誰かこちら側のスタッフが同席してるのか？」

伊藤が尋ねた。

「いえ、二人だけですが……」

「まずいな……岡田君、すぐに大津君と二人で涼と葉月のところに戻れ！　今すぐにだ！

俺も桐谷とホテルに合流する。急げ！」

と言うと、伊藤はすぐに桐谷と、涼と葉月のいるホテルに向かった。

電話を切られた理由をすぐに察した岡田は、大津のもとに戻ると、コーディネーターの静止を振り切り、ホテルにタクシーを走らせた。

「涼、葉月、どうか無事でいてくれ！」

伊藤と桐谷の二人も只々祈るしかなかった。

その頃、涼は激しい頭痛で目が覚めると意識が朦朧とする中、隣のベッドに寝かせられている葉月に気づく。

「は、葉月さん……」

と呼ぶが返事はない。でも、着衣の乱れはなく眠らされているだけということは理解できた。

涼の身体は明らかに『何か』を飲まされ、身体に力が入らず抵抗できない状態になっていた。

「く、くそ……何で？」

と涼がそう言った瞬間、二人の男女と通訳の男が部屋に入ってきた。

「アナタタチ　フタリ　キレイ　ダカラ　フタリノ　シャシン　トリタイネ。アナタタチユウメイジン　タカクウレル」

「写真？」

と涼が言葉を発した瞬間に、男が涼の唇に自分の唇を重ねた。

「んっ!?　ん～ん」

男からの突然のキスに涼は驚く。

同時に通訳の男が、抵抗できない涼と男の写真をスマホで撮り始める。カシャ、カシャ、カシャ……。

スマホの連写音が鳴る中、涼は隣のベッドに寝かされている葉月に視線を移す。

女は葉月の頬を指でなぞりながら、涼を見てニヤリと微笑んだ。

「や、やめろ！　やめてくれ！」

と涼が叫んだ。


「警察だ！　両手を上げろ！」

と英語で叫び、地元の警察がドアを蹴破り拳銃を構えながら室内に入ってきた。

それに続いて、伊藤、桐谷、大津、岡田が飛び込んできた。二人のそばにいた男女は慌てて立ち上がると通訳の男と共に両手を上げた。

「涼、葉月、大丈夫か？」

と声を荒らげる伊藤。

「大丈夫です」

と頭を軽く押さえながらベッドから起き上がり答える涼。

「葉月は？」

と伊藤がベッドに横たわる葉月を見て心配そうに聞いた。

「彼女は大丈夫です。眠らされているだけです。何もされてません」

と涼が伊藤に告げた。

「そ、そうか。よかった……」

と伊藤はその場に座り込んだ。

連行されるコーディネーター、通訳の男、二人の男女を涼たちは見送った。


現地のプロモーターによると、最近、このような事件が多発していたとのことで、セキュリティチェックの強化を徹底すると連絡が入った。

涼は自らベッドで眠る葉月を抱えると、ストレッチャーに乗せ、一緒に病院に向かった。

病院に到着した頃には葉月は目覚め、涼と伊藤から事件の一部始終を聞かされる。

驚きと動揺を隠せない葉月に、涼は、

「大丈夫。何にもなかったですよ。安心していいです。それより、身体は大丈夫？　頭、

「痛くない？」

と優しく声をかけた。

病院での検査の結果、涼と葉月の体内から検出されたのは睡眠薬の成分のみで、数時間経過すれば回復するものと判明した。涼をはじめ、そこに居合わせた者は安堵の表情を浮かべた。

☽パーティーの夜

そんな事件があってから、気がつけばカレンダーは日本へ帰国する二日前になっていた。

「今夜、帰国前の最後のパーティーか……やっと日本に帰れる」

葉月が呟いた。

「色々あったけど、よく頑張ったね。お疲れ様」

スタイリスト兼メイク担当の凛が葉月に声をかける。

「滞在最後のパーティーだから、最高に綺麗にするね。ドレスはこれかな……」

と凛は、無数にかけてあるカクテルドレスの中から、桜をイメージして縫われた淡い桜色の花びらをちりばめた綺麗なドレスを選んだ。葉月のドレスの後は涼が着るスーツの選定に入る。凛は、涼と葉月の「自分が選んだ衣装を試着して、並ぶ二人の立ち姿が一番好きなんです」と後の雑誌インタビューで答えていた。

凛は涼と葉月の立ち姿が、本当に大好きなのだ。

時刻は、現地時間二十時を回っていた。最後のパーティーとのことで沢山の招待客と現地プロモーション関係者でこれまでのどのパーティーよりも盛大に盛り上がっていた。

中でも、涼と葉月の華やかな二人の姿に出席者の誰もが釘づけになっていた。

沢山の人に声をかけられ、写真撮影に応じる涼と葉月。それは撮影会そのもの。沢山の人々が彼らを囲み続ける……。

「いったん休憩お願いします。はい……」

とマネージャーの岡田と大津が人だかりに向かい流暢な英語で声をかける。それを聞いた涼と葉月は笑顔で人だかりを抜け出した。

「つ、疲れた……」

と葉月が椅子に座り込んだ。

横にいたはずの涼の姿が見えないことに気づいた葉月は、

「あれ？　涼くんは？」

と岡田に聞いた。

「さあ、今までここにいたけど……すぐ戻るんじゃないかな」

と岡田もキョロキョロと涼の姿を探した。


パーティー会場の熱気に押されてお疲れ気味の涼。外気に触れたくて会場の外に出ると、廊下は会場の熱気とは異なり、意外に静かだった。

涼は、廊下の窓から見える美しい庭園を眺めながら歩き、廊下の奥にある扉を見つけると「外に出れるのかな？」と扉に近づいて行った。

扉の前には、涼と同じくらいの年齢の一人のドアボーイが立っており、

「どこに行かれますか？」

と涼に英語で尋ねてきた。

「庭園が綺麗だから、外に出られるのかなと思ってね」

と涼もドアボーイに英語で話しかける。

「ああ、この庭園は最高だよ！　特に噴水が美しいと有名で、よくプロポーズの場所に使

われるんだ。どう？　ミスター、今夜あたり彼女に告って決めてみない？」

と涼の前に手を差し出した。

「ん？」

考える涼にドアボーイは、

「演出料……あと、チップ」

と告げる。

「あっ！　そういうことね」

涼は笑いながらドアボーイにチップを渡す。

気を良くしたドアボーイは笑顔になると、

「ヘイ！　ブラザー！　今夜は満月だから月の光が綺麗だよ。俺が噴水の水圧を調整したら、噴水は綺麗な水のカーテンになり、こちらからは人がいるのは見えない。噴水の奥にベンチがあるから、そこで告白しな！　その後は……ご自由に」

「ありがとう。よろしく頼むよ！」

と涼は笑ってドアボーイに言った。

「健闘を祈る！」

ドアボーイは涼に向かって敬礼をした。

廊下を歩き、涼が葉月のもとに戻ってきた。

「葉月さん、少し散歩しませんか？　いいところ見つけたんです。こっそり抜け出しましょう！」

と耳元で言い手を取ると、人混みを抜け会場を出る。

宮殿のようなパーティー会場。レッドカーペットが敷き詰められた廊下を涼に手を引かれ歩く葉月。

「まるで王子様とお姫様みたい」

と葉月は呟いた。

「どこに行くの？」

葉月が涼に聞いた。すぐさま涼が、

「いいところ」

と答える。

長い廊下を歩いた先に外に面した一つの扉が見えた。廊下の片側には大きな窓があり、外の景色が見える。

扉の前にはドアボーイが立っており、涼とドアボーイは互いに目配せをする。ドアボーイが扉を開け、二人を外に誘導する。

涼は葉月の手を引き外に出た。

「うわ……綺麗な庭」

と葉月が呟く。

葉月の前に月光に照らされた美しい庭園が広がり、噴水から出る水が天空を舞うように華麗な放物線を描いていた。

「行こう……」

葉月の手を取り涼が歩きだした。

☽紡いだ時間の先に見えたもの

静まりかえった庭園を歩く涼と葉月……。

時折、放たれる噴水の音が庭園に響きわたる。

歩く涼と葉月を月の光がスポットライトのように照らし、噴水の奥にはベンチが見える。

ベンチに座ると夜の沈黙が二人を包む。


「あの夜みたい……」

葉月が最初に言葉を発した。

「うん、あの日も月が綺麗だった……葉月さんと初めて出会った日、あの夜も、葉月さんはベンチに座ってた……」

と涼が葉月の顔を見て言った。

微笑みながら葉月は、

「酔っぱらって寝てたけどね」

と呟く。

「うん。そうだった」

と涼も優しく微笑んだ。

「あの日……クリスマスイブのあの夜から俺は、ずっと葉月さんだけを『想い続けて』きました。あの頃は『想い続けた先』に何が見えるかわからなかったけど、でもいつかきっと、葉月さんの隣に立てるような男になって、あなたに『この想い』を伝えることができればと、俺は今日まで頑張ってきました。

最高の場所（ステージ）にあなたと並んで立つことができた……この気持ち、もう言葉にならない程です！

でも、葉月さんの隣に俺が立つんじゃなくて、葉月さんにはいつも俺の隣にいてほしい。これからの人生ずっとずっと。だから、……俺と結婚してください」

と涼が葉月に言った。

「五年後、返事する約束だったね……ありがとう。こちらこそ、よろしくお願いします」

と葉月も涼に自分の『想い』を伝えた。

涼は、葉月の手を自分に引き寄せると彼女を強く抱きしめた。

噴水から放たれる水の音が音色となって庭園に響きわたった。


青白く美しい幻想的な月の光がふたりを照らす……。

同じ頃、一ケ月間にわたって開催された映画イベントのフィナーレを締めくくる花火が盛大に打ちあがると、人々の歓喜の声が静まりかえった庭園にも聞こえてきた。

第7章

ふたりの想い

やっと日本に帰国できた『伊藤組』の各自がそれぞれの生活環境に戻り、落ち着いてきた頃、涼と葉月は伊藤監督のもとを訪ねていた。

何かを察したかのように伊藤の表情は硬い。

「どうした？　二人して」

と伊藤が言った。

「監督……その、僕たち、結婚しようと思っています」

と涼がふたりに結婚の意思があることを伊藤に伝えた。

伊藤は覚悟していた様子で、

「そうか……おめでとう。よかったな」

と笑いながら祝福の言葉をかけた。

「ありがとうございます」

と葉月が伊藤に言った。

「で、いつ頃入籍するんだ？」

と伊藤が二人に尋ねると、

「全部終わるまであと二年くらいですかね……その後にと考えています」

と涼が答えた。

「はっ？　二年後？　なんで？」

と驚いた伊藤が聞き返す。

「僕たちは、伊藤監督に見つけてもらい、役者として女優としてここまで育ててもらいました。監督の作品に出演させてもらって、最高の景色を見せてもらって、僕たちを一番高いところまで押し上げていただきました。

昔、監督が言っていた『伊藤三部作』を撮り終えるまでは、僕たち二人は監督と一緒に作品を通して走り続けたいと思います。ドラマがあと二本、映画が一本。『高島涼と葉月の共演作品』を。

僕たちの成長を最初から最後まで撮り続けてくれたのも伊藤監督です。僕たちの芝居を最大限に引き出してくれるのは伊藤監督、あなただけです。だから、『最後のカットの声がかかるまで』は全力で頑張ります」

と涼が伊藤にふたりの想いを告げた。

伊藤の目から大粒の涙が流れ落ちる。

それを見た涼と葉月は伊藤に近づき彼の肩にそっと手を置いた。

「ありがとう……やっぱり俺はお前らを愛してる。お前たち、最高！」

と言うと伊藤は二人を抱きしめた。

僕たちの物語

『ふたりの想い』を聞いたあの日から二年の月日が流れた。

二本のドラマもヒットし、映画『月のひかり』の撮影最終日、伊藤、涼、葉月はラストカットに向けて、熱く意見を交わす。それは、涼と葉月が新人だった頃とは全く違う光景だった。

夕方近くになり、

「カット〜。『月のひかり』オールアップです！　お疲れ様でした」

の声が現場に響いた。

監督、涼、葉月のもとに花束を抱えたスタッフが近づいてきた。

『伊藤組』全員が『三人の集大成となる作品』であることを知っているかのように涙していた。


しばらくして、伊藤が涼と葉月を別室へ呼んだ。

伊藤が口を開く。

「涼、葉月、俺と出会って何年だ？」

「七年ですかね……色々ありましたね。俺を助けろ！　とか言われて」

と涼が答える。

「突然、共演ＮＧにされたりとか、五年待てと言われたりとか、連絡とるな！　とかも」

と葉月も伊藤に話しかける。

「普通ありえないですよね、こんなの。でも僕たち、真面目すぎたからそれを本当に守っちゃって……」

　と涼が言う。

　一緒に笑っていた伊藤が急に真顔になり涼と葉月に言った。

「俺は、お前たち二人を初めて見た時のことを忘れない。お前たち、青空の下でキラキラしてた。頭の中に、ふたりの芝居する映像が鮮明に降りてきたんだ。

　あの瞬間から、俺の人生が変わったんだ。一緒に仕事をしていく中で俺は、二人の姿を他の監督に撮らせたくないという気持ちに変わっていった。ずっと、ずっと、『俺だけの涼と葉月』でいてほしいと思った。俺だけが二人の共演作品を撮ることができるんだ。他のヤツになんか撮らせたくない一心で無理なことも押し付けた。お前たちを『俺の作品』の中だけに永遠に閉じ込めていたかった。

　結果、ふたりの人生まで踏み込んで大切な時間を奪ってしまった。

　でも……でも、お前たちがお互いを『人生の伴侶』として『一緒に歩いていく』ことを決めたように、俺も『違う道を歩こう』と決めた。

　だから、今日でサヨナラだ！　涼、葉月、長い時間、お前たちを俺の作品に縛り付けて悪かった。今まで、本当にありがとう」

と伊藤は涼と葉月に感謝の意を告げた。

その後、映画『月のひかり』は全世界で公開され、その反響も大きく、海外の映画祭にノミネートされると、二年前と同様にすべての部門で賞を受賞する。

日本の『Ito, Ryou, Hazuki』は全世界のファンを虜にした。

二回目の帰国後、高島涼（二十八歳）、葉月（三十二歳）は結婚を発表した。

ふたりの結婚を待ち望んでいたかのように、祝福の言葉が世間を賑わせた。

『MY　PLACE』『月の華』『月のひかり』は伊藤三部作と呼ばれ、高島涼と葉月の共演作品はすべて映像監督・伊藤要の代表作となった。

☽ふたりが選んだ未来

「懐かしいな……七年ぶりか」

と玄関前に立つ涼と葉月。

玄関のドアを開けリビングに向かう二人。

「え〜、家具とかあの時のままだ……」

撮影当時と変わらぬ光景に、懐かしそうに部屋全体を見てまわる。

二人の後を追うように伊藤が玄関から入ってくると、

「ごめん、ごめん、遅くなった。手続きが遅れて」

と息を切らして二人に話すと三本の鍵をテーブルの上に置いた。

「これは？」

と涼が伊藤の顔を見る。

「この家の鍵だよ。お前らにこの家をやるよ。結婚祝いしてなかっただろ。それに、お前たち、バタバタでまだ新居決まってないって聞いたから……」

この家はドラマ『MY PLACE』のロケ場所、通称『ふみゆかハウス』。撮影終了後、伊藤はこの家が気に入ってこっそり購入していたのだった。

「それに、ここは、ドラマを撮影してた頃、地域の皆さんの団結がすごくて、結局最後まで世間からロケ地として見つからなくてさ。今も、もちろん大丈夫。自治会長さんはじめ、商店街会長、その他えらい人にも説明と了承済み。だから、高島涼と葉月が安心・安全に暮らせる場所だ。

東京からもそんなに遠くないし、まあ、リアル『ふみゆかハウス』ではなく、リアル『りょう・はずハウス』的な……それに、ここはお前たちの原点だからな」

と伊藤は二人に言うと鍵を手渡した。

涼と葉月は顔を見合わせてニッコリと笑うと伊藤に、

「ありがとうございます」

とお礼を言って、この大きな大きな結婚祝いを受け取った。

その後、この町に涼と葉月は引っ越しを済ませると、ふたりの新生活が始まった。

挑戦の先に

「パスポート持った？」

「持った！」

と涼と葉月の慌ただしい会話が、海辺の高台に建つふたりの家のリビングから聞こえる。

玄関のドアを閉め鍵を掛けると、マネージャーの岡田が運転する車に乗り込み、羽田空港へ向かう。国際線ターミナルに着くとそこには、伊藤と凛、雅社長、大津が二人を待っていた。

「元気で頑張ってね！　私もすぐに追いつくから」

と凛が葉月に言った。

葉月は笑って、

「すぐに来てね！　待ってるからね。私たちの専属は凛ちゃんだけだから」

それを聞いた涼も頷く。

「そろそろ時間です」

とマネージャーの大津が涼と葉月に声をかける。

「元気で頑張るのよ」

と雅社長が涙目で言うと、続けて伊藤が、

「作品、楽しみにしてるよ。頑張ってこい！」

とエールを送った。

「はい、社長、監督もお元気で！　行ってきます」

と二人は声を合わせて言うと、搭乗口から飛行機へと続く通路に消えていった。

涼と葉月は海外での共演をきっかけに、活躍の場を本格的に海外に移すため渡米したのだった。

「まさか海外に行くとはね……映画賞受賞後、海外からの映画・ＣＭモデル出演のオファーが殺到して……。夫婦になったから、と先方に伝えたら、だから何？　と逆に言われて……」

と雅社長が呟いた。

「確かに、日本では夫婦になると共演は難しいと言われている。でも、海外では、個人の演技能力が評価されて配役が決まる。だから、最高の配役になるのであれば夫婦であろうが、親子であろうが関係ないそうだ」

と伊藤が言った。

雲一つない青空の下、涼と葉月を乗せた飛行機は離陸した。

ふたりの『夢』と『希望』と『これからの未来』を乗せて……。

空港で、涼と葉月を見送った後の帰り道、車両の窓から見える景色をぼんやりと見ながら、伊藤は雅社長に言った。

「俺は、これから先、涼と葉月のような役者に巡り合えるのだろうか？」

少し弱気な伊藤の口調に雅社長は答える。

「また、発掘すればいいんじゃないですか？　ペアオーディションで。うちの事務所には、まだまだ沢山いますよ、涼と葉月を目指しているキラキラした若者たちが」

「そうだな、また見つけ出せばいいんだな、あいつらのように光り輝く原石を」

と伊藤が言った。

「そう、あの二人のような光り輝く原石を……必ずいますよ。監督に早く見つけてほしいって、どこかできっと、待ってますよ」

と雅社長が声をかけた。

それを聞いていた岡田も頷きハンドルを握りしめ、アクセルを踏み込むと、事務所に車を走らせた。


「Ryou and Hazuki enter the studio……」

とスタッフの声がスタジオ内に響く。

衣装を身にまといカメラの前に立つ涼と葉月。監督をはじめ、スタッフの視線が一気にふたりに集中する。

「葉月、いくよ！」

と涼が声をかける。

「うん、涼くん」

眩しいくらいのスポットライトが涼と葉月を照らす。

☽新たな出会い～そして未来の君たちへ

伊藤要、六十五歳。今では映画界の巨匠と呼ばれるようになっていた。

彼の作品に出演したい役者は数知れず。

相変わらず、役者のキャスティングに頭を悩ませ桐谷を困らせている。

書斎でいつものように雑誌並みの分厚い配役候補の一覧表に目を通す。

「桐谷ちゃん、年々分厚くなってないかい？」

独り言を言う伊藤。

初夏の日差しが入り込む書斎、一枚のフォトカードが伊藤の手元に届いた。

差出人には『高島涼　葉月』と書いてある。

数年ぶりに帰国したことを知らせる便り。

「久しぶりだな」

と呟く伊藤。

そこには、『ふみゆかハウス』の庭で、涼と葉月の間でスイカを手にふたりによく似た高校生くらいの男の子と女の子が笑って写っていた。

伊藤は、机の上に大切に飾ってあるフォトフレームの中から写真を取り出すと、写真とフォトカードを見比べた。

写真には、涼・葉月・伊藤の三人が『ふみゆかハウス』で笑っている姿。

三人の希望に満ち溢れている表情と眩しいくらいの笑顔。

すべてはそこから始まった。

写真の裏には、『最愛の涼と葉月へ　ありがとう』と書かれてあった。


まるで昨日のことのように伊藤の脳裏に、あの頃の記憶が蘇る。

「涼、もう少し感情をだせ！　感情をぶつけろ！

葉月、うつむくな。顔を上げろ！

そうだ、そうだ、ふたりともいいぞ！　その感覚を忘れるな！

どうした、涼、そんなもんか？　食らいつけ、役に負けるな……。

食らいつけ！　葉月、もっと、……もっと、もっとだ……」


沢山の記憶が蘇る。

「なぁ、涼、葉月、俺はまだ……おまえたちふたりより輝く原石、見つけられないんだよ……」


とカードを見る伊藤。

フォトカードには涼と葉月と笑顔で写るふたりの子供。

「この二人、まるで昔のあいつらみたいだな」

と呟いた。

腕を組み天井を見つめ、何かをひらめいた伊藤……。

いきなりスマホを取ると誰かに電話をし始めた。
「桐谷ちゃん……俺、見つけちゃったかも、原石」
と言い電話を切ると、ニヤッと笑い机に向かいペンを走らせるのだった。

〜完〜

参考文献：『光と闇と色のことば辞典』（山口謠司・エクスナレッジ）

おわりに

この作品を見つけていただいたことに心から感謝申し上げます。

読了いただき、ありがとうございました。

人生は、いつ・どこで・どのような『出会い』が待っているのかわかりません。

ふとした『出会い』が、その人の後の人生に大きく影響を与えたり、人生そのものを変えてしまうこともあります。

月夜の公園で、偶然出会った涼と葉月。

この出会いが、ふたりの『未来』を大きく変える出来事になるとは、この時、涼も葉月も想像すらできなかったと思います。

実際に葉月との出会いで涼の未来も変わりはじめました。

しかし、本当の意味で涼と葉月の人生を大きく変えたのは、やはり、伊藤監督との出会いではないでしょうか？

涼と葉月の『出会い』から空白の時間を経て、ふたりが、共に人生を歩くまでの流れを伊藤監督が寄り添うように創りだしていく。
それを、そっと見守っていたのは夜空に浮かぶ『月』でした。優しい光を放ちふたりのことを照らしながら……。

また、再会の約束の『光る石』や、ふたりの思い出の場所としての『ベンチ』『噴水』、『月夜』という出会った時の様子を後半で再度描くことで、涼と葉月の記憶をより鮮明に蘇らせることができました。
この作品『僕たちの物語』は、俳優の涼と女優の葉月、そして映像監督の伊藤、三人の物語ですが、彼等を取り巻く情景を『月のひかり』や『夜の輝き』で表現することで、透明感のある物語の世界を描くことができました。

最後になりますが、この本を出版するにあたりご協力していただいた方々、そして、すべての『出会い』に感謝申し上げます。

二〇二三年九月

由南 りさ

著者プロフィール

由南 りさ（ゆなん りさ）

1969年生まれ、長崎県出身。
2023年より、短編恋愛小説を中心に小説投稿サイトに発表を続けてきたが、本作品を初めて書籍化。

僕たちの物語

2024年4月15日　初版第1刷発行

著　者　由南 りさ
発行者　瓜谷 綱延
発行所　株式会社文芸社
〒160-0022　東京都新宿区新宿1－10－1
電話　03-5369-3060（代表）
03-5369-2299（販売）

印刷所　株式会社フクイン

ISBN978-4-286-25157-8